«PANDORA»

CHRISTELLE MAURIN

L'OMBRA DEL SOLE

Traduzione di Claudia Lionetti

SPERLING & KUPFER EDITORI
MILANO

L'Ombre du soleil
di Christelle Maurin

ISBN 978-88-200-4270-7
86-I-07

Il premio letterario Prix du Quai des Orfèvres è stato conferito a questo romanzo in seguito alla valutazione di manoscritti anonimi da parte di una giuria presieduta da François Jaspart, Direttore della polizia francese con sede al n° 36 del quai des Orfèvres, e proclamato dal Prefetto della polizia.

Prologo

*G*IUGNO *1660, Saint-Jean de Luz. Le infinite trattative condotte dal cardinale Mazzarino sull'Isola dei fagiani con il ministro spagnolo Don Luis de Haro avevano infine dato il loro frutto e l'accordo sul matrimonio fra il re Luigi XIV e la prima cugina, l'infanta Maria Teresa di Spagna, era stato raggiunto. Ovunque regnava il fermento, e le due corti, quella di Spagna e quella di Francia, con i rispettivi seguiti di dame e gentiluomini riccamente abbigliati, avevano invaso la cittadina basca. Il matrimonio per procura, che si annunciava dei più fastosi, ebbe luogo a San Sebastián, sulla riva spagnola del Bidassoa, e la folla si riversò nella chiesa e nei dintorni. Il re Filippo IV s'incamminò con fare impassibile e solenne verso l'altare porgendo la mano alla giovane figlia, il cui abito molto semplice in lana bianca fece sorridere le eleganti dame di Francia dietro i ventagli. Il guardinfante e i cerchi, poi, le gonfiavano a dismisura le pesanti* *gonne. Era una ragazza di una bellezza piuttosto insignificante, con la carnagione madreperlacea, gli occhi azzurri e i capelli di un biondo chiaro, e procedeva con un'espressione sottomessa e tranquilla. Veniva concessa come pegno di pace, e si sarebbe ritrovata sola, abbandonata in terra straniera, come un simulacro offerto al sole. Il giorno seguente si svolse la cerimonia ufficiale in terra francese. Il corteo principesco sfilò verso la cattedrale in pompa magna. Il cardinale Mazzarino avanzava trionfante nelle vesti color porpora: la pace dei Pirenei assicurata da quell'unione era essenzialmente opera sua. Aveva riavuto il potere, vendicandosi delle umiliazioni patite durante la Fronda. Dietro di lui veniva il re, splendido nel sontuoso abito di broccato d'oro ornato di pizzi. Aveva polpacci sodi e flessuosi, e grazie ai folti riccioli bruni poteva fare a meno della parrucca, espediente all'epoca molto in voga a corte. Al suo arrivo, accompagnata dal fratello del consorte, la nuova regina di Francia fu accolta da un brusio crescente. Per l'occasione era avvolta da un vestito di broccato d'argento e da un pesante manto di velluto disseminato di gigli di Francia. Due dame le tenevano una corona sospesa sul capo. Venivano poi la regina madre Anna d'Austria, fasciata da veli neri ricamati d'argento, e Anna Maria d'Orléans de Montpensier, detta «la Grande Mademoiselle», prima cugina del re. La cerimonia si svolse secondo il protocollo e Luigi e Maria Teresa pronunciarono i voti secondo le formule rituali. Dopo i festeggiamenti, che si protrassero per tutto il giorno, fu la volta della cerimonia del talamo nuziale: i cortigiani s'inchinarono a uno a uno dinanzi all'immenso letto su cui i sovrani stavano distesi, immobili e sotto lenzuola di pizzo. Nonostante lo sfarzo, da estranei quali erano entrambi mantenevano un contegno piuttosto impacciato e si guardavano bene dal lanciarsi la minima occhiata. Poi furono infine lasciati soli e i pesanti drappi del letto sciolti, in modo da difendere l'intimità degli sposi novelli. Così si svolse la prima notte di nozze reale...*

All'improvviso tutt'intorno si fece scuro e lo sfondo cambiò. Ecco stagliarsi fiera all'ingresso di Parigi la porta di Saint-Antoine. Oggi il re avrebbe accompagnato la sovrana in un giro trionfale per la capitale. Il corteo partì dunque tra le acclamazioni della folla. Per primi si mossero cordiglieri, giacobini, agostiniani e carmelitani che reggevano ceri e crocifissi. Subito dopo venivano il clero, i quasi trecento agenti della polizia cittadina e il governatore. Seguivano le compagnie mercantili, i rappresentanti dell'autorità cittadina e gli ordini amministrativi e finanziari. Ovunque regnava una calura opprimente, ma nonostante ciò l'eccitazione e l'impazienza crescevano nel popolo riunitosi per vedere i propri sovrani. Ecco arrivare il cardinale Mazzarino che, in tutta la sua magnificenza, raggiunse la regina madre che l'aspettava. I plausi raddoppiarono quando fecero la propria comparsa i gentiluomini del re: duchi e marchesi sfilavano ordinati, avvolti in abiti sontuosi. Poi uno squillare di trombe annunciò l'arrivo del re. Eccolo, finalmente! Splendente nella propria maestosità, il sovrano avanzava piano in groppa a un cavallo bruno e scortato dalla guardia. Il popolo lo os-

servava colmo di ammirazione. Le stoffe preziose che lo adornavano e il portamento altero lo facevano somigliare a un dio attorniato da una folla adorante. Dietro di lui venivano il principe di Condé e il proprio fratello, da tutti chiamato Monsieur. Per ultima giunse Maria Teresa, seduta in un carro dorato trainato da sei cavalli riccamente bardati. Era abbigliata e pettinata secondo i dettami della moda francese che, a dire il vero, le si addiceva ancora meno di quella spagnola. Dietro l'espressione impassibile celava un'ansia quasi incontenibile, alimentata da quella moltitudine e dall'universo sconosciuto che le si apriva dinanzi.

All'improvviso tutto prese a girare. Dapprima lentamente, poi con sempre maggiore velocità. Mentre il corteo procedeva si udì rimbombare un tuono assordante. Una spessa nebbia coprì la scena, nascondendo la folla variopinta e cedendo bruscamente il posto a un'oscurità glaciale.

La suoneria stridula della radiosveglia ruppe il silenzio. Due occhi si aprirono, ancora offuscati dalle visioni della notte. La sveglia segnava le sette. Era giunta l'ora di agire...

1

UNA pioggia fredda e grigia cadeva incessante da più di un giorno. Era maggio inoltrato ma la città di Versailles era avvolta da un velo di nebbia che la ricopriva come un manto scuro. Il palazzo reale, con le maestose ali dispiegate sotto il nubifragio, pareva assopito. Quasi a monito per i visitatori dell'influenza avuta dal re Sole su quei luoghi, la statua di Luigi XIV, ben piazzato in sella, si ergeva al centro del cortile reale. Alle sue spalle un altro cortile, chiamato di marmo, teatro di innumerevoli feste durante la monarchia assoluta, faceva bella mostra del lastricato bianco e nero su cui riecheggiavano le gocce. Le ampie finestre che lo costeggiavano, e dietro cui un tempo si accalcava e affrettava una gran folla di cortigiani tutti pizzi e fiocchetti, non riflettevano forse attraverso i secoli l'ombra del capocaccia di sua maestà che, al rientro dalla battuta, si apprestava alla cerimonia del pasto dei segugi? E su quello stesso lastricato non risuonavano forse i suoi passi, scanditi dal rumore dei tacchi di legno rosso? Quel giorno però solo la pioggia grondava sulle facciate, e pareva aver portato via con sé il ricordo di quell'epoca lontana. Sulla reggia di Versailles, antica dimora dei re e ormai luogo aperto al pubblico, regnava una calma opprimente.

All'improvviso l'ululato lontano di una sirena squarciò il silenzio. Al pianterreno si aprì una porta e la sagoma di un guardiano con un ombrello aperto si diresse verso la cancellata dorata che abbracciava il cortile reale e che un tempo solo le carrozze dei principi di sangue avevano il privilegio di varcare. Un'automobile della polizia si fermò davanti al castello e ne scesero due uomini. Uno, coperto da un impermeabile grigio e apparentemente indifferente al nubifragio, tese la mano al guardiano.

«Commissario Axel Beaumont, della polizia di Versailles. Questo invece è il comandante Massart. È stato lei a scoprire il cadavere?»

Il guardiano, di mezza età e con le tempie brizzolate, li condusse verso i giardini, rispondendo con tono incerto: «Sono entrato in servizio questa mattina alle sette e il turno di notte non mi ha segnalato nulla di anomalo. Così, come sempre, sono andato a dare un'occhiata nei giardini, nel parterre du Midi per essere precisi, mentre il mio collega faceva la ronda nell'ala nord. Mi sono spinto fino alla fontana di Apollo. Volevo sbrigarmi perché pioveva, comunque sia, per precauzione, ho dato una controllatina anche nei boschetti lì vicino. Davanti a quello della Colonnade ho intravisto una massa scura per terra, proprio al centro. Quando mi sono avvicinato mi sono reso conto che si trattava di una persona...»

L'uomo deglutì a fatica mentre guidava i due agenti lungo l'Orangerie.

«All'inizio ho pensato fosse un vagabondo o un barbone ubriaco entrato per smaltire la sbornia...»

«Ha notato segni di effrazione alle serrature dei cancelli all'entrata?» lo interruppe il commissario Beaumont.

«No. E, come potete vedere, è praticamente impossibile scavalcare le cancellate senza essere subito individuati, nemmeno con una scala. Sono alte più di quattro metri, non hanno alcun punto di appiglio e in cima sono dotate di punte ben acuminate. Però ho pensato che magari qualcuno ieri si fosse fatto chiudere dentro... Da vicino mi sono reso conto che era una donna con i capelli lunghi. Mi sono accovacciato e... è stato allora che mi sono accorto che aveva gli occhi spalancati e un buco in mezzo alla fronte... Sa, faccio questo mestiere da venticinque anni ma è la prima volta che vedo una cosa del genere. Non che sia un fifone, ma spettacoli del genere ti fanno prendere un colpo! Poi mi sono ripreso e vi ho avvertiti.»

Nel frattempo avevano costeggiato il parterre du Midi e, lasciandosi alle spalle la fontana di Latona, stavano risalendo lungo il viale du Tapis Vert, asse principale del parco. All'altro capo si trovava la fontana di Apollo, voluta nel 1671 per sostituirne un'altra risalente al regno di Luigi XIII. Al centro, il gruppo bronzeo un tempo dorato del carro del dio del sole, con quattro cavalli che lo trainavano nella corsa fuori dalla vasca, rappresentava il levarsi dell'astro celeste. Il guardiano si spostò sulla sinistra per lasciare entrare il commissario e il comandante in un giardino nascosto in un boschetto delimitato dai viali.

«Ecco, ci troviamo nel boschetto della Colonnade... Il corpo è qui...»

Il comandante Massart assunse un'aria interrogativa, mentre il commissario, ignorandolo, entrò. Progettato da Jules Hardouin-Mansart nel 1685, quell'angolo dei giardini della reggia era un vero e proprio capolavoro: era infatti circondato da trentadue colonne di marmo – e per questo battezzato de la Colonnade – in cui si alternavano diverse sfumature di colore. Al centro, steso al suolo, il corpo vestito di nero. Il commissario Beaumont si avvicinò.

«Dato che non ci sono tracce di effrazione, non è da escludere che l'assassino si nasconda ancora qui da qualche parte, in attesa di potersi confondere tra i primi visitatori. Un'eventualità poco probabile, comunque; Massart, credo sia meglio far perlustrare i giardini», disse rivolgendosi al collega. «Faccia venire subito una squadra, non dobbiamo tralasciare nessuna pista.»

«Ci penso io, commissario.»

Beaumont si accovacciò accanto al cadavere per esaminarlo meglio. Proprio come aveva detto il guardiano, si trattava di una donna. Sembrava piuttosto giovane, anche se il fango e il sangue che le macchiavano il volto emaciato rendevano piuttosto difficile darle un'età. Era imbavagliata e gli occhi neri avevano il riflesso della morte, decretata da quel foro proprio al centro della fronte. I lunghi capelli bruni erano sparsi sul terreno e il corpo gracile era raggomitolato su se stesso. Beaumont si rialzò.

«Dove posso trovare il responsabile? Non so dirle di quanto tempo avremo bisogno prima di poter rimuovere il cadavere. Anzi, credo che per oggi bisognerà chiudere al pubblico quest'area del parco.»

Erano quasi le otto. La pioggia aveva finalmente cessato di cadere e il prato emanava un profumo mattutino. Se non fosse stato per la scena macabra che aveva sotto gli occhi, il commissario si sarebbe goduto volentieri la vista a quell'ora dei giardini reali, frutto degli sforzi congiunti di artisti come André Le Nôtre, Jules Hardouin-Mansart e Louis Le Vau. Uno scalpiccìo affrettato richiamò la sua attenzione su un ometto corpulento che si dirigeva verso di lui.

«Il commissario Beaumont?» chiese quello tendendogli la mano. «Il guardiano mi ha detto che vi avrei trovati qui. Mi presento: sono Evrard, il direttore. Mio dio, che cosa orribile! Quasi non credevo alle mie orecchie! Un cadavere, qui, nei giardini della reggia! S'immagina una pubblicità peggiore? Quando pensa che riuscirete a far sparire le tracce dell'omicidio? Fra poco apriremo i cancelli ai visitatori e, mi capisce, se la voce si dovesse diffondere...»

«Mi spiace, ma non dipende da me», rispose Beaumont piuttosto seccato. «Prima la sezione giudiziaria dovrà procedere ad alcuni accertamenti in loco. Dirò loro di sbrigarsi, però...»

Evrard si morse un labbro.

«Le chiedo scusa, mi sono espresso male. Ovviamente potete prendervi tutto il tempo che vi occorre. Se ce ne sarà bisogno, chiuderò l'area con la scusa di lavori. Posso però contare sulla vostra discrezione? Sono sicuro che capisce che per un luogo turistico essere teatro di simili eventi non è mai una buona cosa... Versailles deve far sognare chi la visita rievocando lo splendore della vita di corte, non incubi e storie di omicidi...»

«Non si preoccupi, faremo del nostro meglio. Anzi, già che ci siamo, potrebbe dirmi i nomi dei guardiani di turno questa notte e di tutti coloro che avrebbero potuto avere accesso al parco dopo l'orario di chiusura? Il guardiano con cui ho parlato mi ha detto di non aver notato segni di effrazione ma, se permette, il comandante Massart la accompagnerà a controllare tutti gli accessi.»

Il direttore gettò un'occhiata al cadavere e fece una smorfia, quindi distolse lo sguardo.

«La conosceva?» chiese allora il commissario.

«No, mai vista prima. E per fortuna. Spettacoli del genere sono già abbastanza strazianti senza doverci aggiungere anche il coinvolgimento personale...» fu la risposta incerta.

L'arrivo della squadra giudiziaria pose fine allo scambio. Evrard assicurò al commissario che gli avrebbe fornito al più presto tutte le informazioni di cui aveva bisogno e, dopo essersi raccomandato anche al medico legale, si allontanò con il comandante Massart.

«Buongiorno, Axel. Non c'è che dire, se è vero che il buongiorno si vede dal mattino...» commentò il medico, una donna bionda sui trentacinque anni, avvicinandosi al commissario.

Beaumont accennò una smorfia e poi le indicò il corpo.

«Questo è lavoro per te, cara Mégane. Come sempre, conto di ricevere il tuo rapporto appena avrai finito di occuparti di questa poverina.»

«Prometto di tenerti al corrente.»

Gli esperti si stavano già affaccendando intorno al cadavere.

«La borsa della vittima è lì accanto», l'informò Beaumont. «Quando l'avrete esaminata, vorrei che me la consegnaste, così sapremo chi era. Avvisami non appena avrai i risultati dell'autopsia.»

Il commissario Beaumont era rientrato in ufficio in tarda mattinata. Se ne stava davanti alla finestra con un'espressione corrucciata, lasciando vagare lo sguardo lungo la strada. Non riusciva a togliersi quella ragazza dalla testa. I suoi occhi neri sgranati... Un brivido gli corse lungo la schiena. Quanti anni poteva avere? Probabilmente poco più di venti. Il suo lavoro non gli aveva certo risparmiato scene raccapriccianti, eppure ancora non riusciva a rimanere del tutto insensibile agli spettacoli che gli si paravano davanti. *Axel, tu sei troppo tenero!* lo prendeva in giro la ex moglie. Sospirò e si passò una mano nella folta capigliatura bruna appena striata da qualche filo argentato. Alto e con gli occhi di un bel grigio ardesia, a quarantadue anni Axel Beaumont era senza dubbio un uomo affascinante e si era abbandonato spesso al sottile gioco della seduzione, senza però lasciare che interferisse con la sua vera e unica passione: il lavoro.

Quello del commissario di polizia era certamente un mestiere difficile, pericoloso e che risucchiava le energie, ma Beaumont sentiva di avere una vocazione che gli permeava ogni fibra e, nonostante quanto gli toccava spesso vedere, compreso lo spettacolo della mattina, non avrebbe lasciato il proprio posto per nulla al mondo. Il telefono lo scosse dai pensieri. Era il responsabile del laboratorio della scientifica.

«Abbiamo esaminato il contenuto della borsa della vittima. Non c'è nulla di particolare da segnalare. Il portafoglio c'era ancora, e anche i documenti. Glieli ho mandati con un fattorino. C'erano anche dei soldi. Sembrerebbe che non manchi nulla, ma potrebbe darsi che la vittima avesse con sé qualcosa che interessava l'aggressore. Purtroppo c'erano solo le impronte della ragazza, nessun elemento utile per ricostruire il DNA dell'assassino. I ragazzi però hanno scovato delle tracce di ruota nel boschetto. Roba piccolissima, probabilmente di un rimorchio o di una carriola. Date le condizioni del terreno erano praticamente invisibili, ma sa che non ci sfugge niente! Le invierò un rapporto scritto, anche se non credo che la cosa sarà di grande aiuto. Il dottor Aubry ha quasi terminato l'autopsia. Di sicuro riceverà presto anche il suo rapporto.»

«Grazie, André, allora ci conto.»

Beaumont riagganciò abbandonandosi di nuovo ai propri pensieri, ma subito qualcuno bussò alla porta e il comandante Massart entrò.

«Commissario, ho controllato tutte le serrature, la cancellata principale e gli accessi ai giardini tramite il cortile reale. La versione del guardiano è confermata:

nessuna traccia di scasso. Perciò o l'assassino si è fatto chiudere nel parco, è riuscito a sfuggire alle nostre perlustrazioni ed è uscito questa mattina quando la reggia ha riaperto, oppure aveva la chiave dei cancelli. Evrard mi ha fornito i nominativi dei guardiani notturni e di tutti coloro che hanno le chiavi. Direi che si è dimostrato piuttosto disponibile, anche sollevato quando ha saputo di poter aprire ai visitatori alle dieci di questa mattina.»

Beaumont diede una scorsa alla lista. Occorreva interrogare tutti, chiedere dei rispettivi orari di lavoro e se per caso di recente avessero smarrito il proprio mazzo di chiavi. Oltre a Evrard solo altre otto persone avevano libero accesso alla tenuta, e il direttore aveva specificato che erano in possesso delle chiavi dei cancelli di entrata, dei giardini e delle porte principali che permettevano di entrare nel castello. E poi c'era anche un passe-partout che apriva le porte interne. Esaminò i nomi a uno a uno. Christophe Jalabert e Laurent Robier, entrambi conservatori del Patrimonio e responsabili della sua protezione, dell'arricchimento, della valorizzazione e degli studi scientifici che lo riguardavano; Rodolphe Grancourt, architetto dei Monumenti storici e degli edifici di Francia, l'ente che si occupa del recupero e mantenimento del patrimonio architettonico; Édouard Vardès, giardiniere capo dei parchi di Versailles e del Trianon; Charles Salvi, responsabile delle fontane e delle installazioni idrauliche. Vardès e Salvi possedevano solo le chiavi dei cancelli esterni, dell'Orangerie e dei sotterranei che ospitavano le reti di alimentazione idrica. Chiudevano la lista Olivier Monturo, responsabile di sorveglianza e sicurezza, e Françoise Bédélin, responsabile del restauro delle opere d'arte.

«Bene!» esclamò una volta arrivato in fondo. «Incominceremo da loro. Lei si occuperà dei guardiani e di Monturo, io degli altri.»

Si udì di nuovo bussare alla porta. Questa volta entrò una segretaria con un pacchetto.

«Commissario, un fattorino ha appena lasciato questo per lei.»

«Grazie, Claire. Lo stavo aspettando.»

Beaumont lo aprì e ne prese una elegante borsetta nera.

«È la borsa della vittima?» s'informò Massart.

«Proprio così. Dal laboratorio dicono che dentro ci sono ancora i documenti», rispose il commissario aprendola.

Infilò una mano e tirò fuori un portafoglio. Conteneva due banconote da cinquanta euro, alcune carte di credito, l'abbonamento ai mezzi, la tessera della biblioteca cittadina e buoni sconto per un supermercato della zona. La carta d'identità diceva che la vittima si chiamava Marie Métivier, ventidue anni, alta un metro e sessanta e residente nei pressi di Versailles. La foto ritraeva una bella ragazza bruna con grandi occhi neri e un sorriso sbarazzino. Beaumont l'esaminò con attenzione e vi riconobbe i tratti del cadavere che aveva visto a terra quella mattina. Richiuse il portafoglio e continuò a controllare il contenuto della borsa, trovando un paio di occhiali, un cellulare, un'agenda, una trousse per il trucco e un mazzo di chiavi. Provò con il cellulare, ma non vi erano chiamate memorizzate. Sospirò.

«Massart, questa poverina di certo aveva una famiglia. Cerchi di rintracciarla il prima possibile, dobbiamo metterla al corrente della disgrazia. Già che c'è, faccia loro un po' di domande sulla ragazza: che tipo di vita conduceva, se aveva nemici, insomma, tutto quello che potrebbe esserci utile per risalire al motivo della sua uccisione.»

Diede poi una scorsa all'agenda.

«E poi cerchi anche di mettersi in contatto con queste persone. Magari qualcuno di loro sa qualcosa... Dobbiamo riuscire a scoprire cos'ha fatto Marie Métivier ieri sera, prima di essere uccisa...»

Massart annuì e rimase in silenzio. Sul volto aveva dipinta la solita espressione indecifrabile. Nei due anni che avevano lavorato insieme, Beaumont non l'aveva visto una sola volta lasciar trasparire i propri sentimenti. Era molto efficiente, tuttavia non smetteva mai quella maschera di freddezza che finiva con lo scoraggiare chi gli stava intorno, e soprattutto le donne. A trentasette anni il comandante era infatti ancora celibe. Eppure era alto, biondo e con gli occhi azzurri, un bell'uomo, insomma, e sul lavoro il commissario aveva spesso avuto modo di notare che le occasioni non gli sarebbero certo mancate. Ma il bel Massart rimaneva impassibile dinanzi a ogni tentativo di approccio. Anzi, un lampo di disprezzo gli illuminava lo sguardo ogniqualvolta una donna provava a corteggiarlo e lui pareva notarla appena. Così Beaumont aveva preso a sospettare che fosse misogino, o forse omosessuale.

* * *

Il computer richiamò l'attenzione del commissario con un segnale sonoro che gli annunciava l'arrivo di una nuova e-mail. Era di Mégane Aubry, il medico legale, che gli scriveva: «Ho finito l'autopsia perciò, come promesso, ecco il rapporto (ps: lo trovi in allegato). Adesso tocca a te, al lavoro! Baci. Meg».

Non poté fare a meno di sorridere. Aveva sempre avuto un ottimo rapporto con Mégane, che non era stato per nulla scalfito dalla rottura, avvenuta sei mesi prima. L'anno precedente, quando lui era appena uscito da un divorzio piuttosto movimentato, avevano infatti avuto una relazione. Evidentemente però Beaumont non era pronto a impegnarsi di nuovo e così si erano lasciati dopo pochi mesi, ma erano comunque rimasti buoni amici. Era impaziente di leggere il referto, perciò cliccò subito sull'allegato. Secondo Mégane la morte era avvenuta all'incirca alle ventidue della sera precedente a causa di un proiettile in piena fronte. Una morte istantanea. Nel sangue aveva rinvenuto tracce di un sonnifero molto potente, assunto poco prima dell'ora del decesso. L'analisi del contenuto dello stomaco mostrava che aveva mangiato della carne all'incirca alla stessa ora, mentre lo scarso tasso di alcolemia faceva supporre che avesse accompagnato il pasto con uno o due bicchieri di vino. Tutti gli organi erano sani perciò, prima che la sua giovane vita fosse stata falciata da un unico sparo, godeva di una salute perfetta. Mostrava lievi contusioni, segno che probabilmente era stata trascinata senza tanti complimenti. Mégane sottolineava inoltre che era raggomitolata, quasi in posizione fetale, e aggiungeva anche un particolare che attirò subito l'attenzione del commissario: Marie Métivier presentava dei lividi sul collo del tutto simili a segni di strangolamento. Segni post mortem e, per essere più precisi, secondo Mégane lasciati circa un'ora dopo il decesso. L'assassino si era dunque accanito sulla vittima dopo averla uccisa? si chiese perplesso. Proseguì nella lettura. L'autopsia non aveva rivelato alcuna traccia di rapporti sessuali precedenti o posteriori alla morte e quei lividi, a parte ovviamente la ferita mortale alla testa, erano le uniche tracce visibili di violenza. In laboratorio erano ancora alle prese con la perizia balistica del proiettile estratto dal cranio ma, terminava la dottoressa, con ogni probabilità avrebbe ricevuto i risultati entro il pomeriggio.

Beaumont cercò una posizione più comoda sulla poltrona e si mise a riflettere. Primo particolare: le tracce di sonnifero. Erano forse una prova di premeditazione, l'assassino aveva voluto assicurarsi che la vittima non avesse modo di difendersi, o semplicemente Marie Métivier aveva difficoltà ad addormentarsi? Era comunque sconsigliabile mescolare sonniferi e alcolici, e l'autopsia rivelava che aveva bevuto l'equivalente di perlomeno un paio di bicchieri di vino. Secondo particolare: i lividi al collo causati dopo la morte. L'assassino si era accanito sul cadavere per puro sadismo o aveva cercato di prendere qualcosa, magari un gioiello? Il commissario si girò verso il comandante.

«Massart, quando incontrerà i famigliari della vittima si ricordi di chiedere loro se indossava una catenina, un ciondolo o una collana di valore che potrebbero giustificare i segni di strangolamento. Io invece torno a Versailles per iniziare a interrogare i testimoni.»

Rodolphe Grancourt era un uomo sulla cinquantina e gli occhiali sottili con montatura dorata gli conferivano un'aria austera. Incrociò le braccia e prese a fissare senza tanti complimenti il commissario seduto dinanzi a lui.

«Se ho capito bene il motivo della sua visita, commissario Beaumont, lei vorrebbe sapere se per caso, ieri sera, in preda a un'insonnia improvvisa, ho sentito il bisogno di fare una passeggiatina notturna nei giardini del castello, e magari proprio vicino alla Colonnade... Giusto?»

Beaumont ignorò il tono aggressivo dell'uomo e lo guardò con calma.

«Signor Grancourt, ho voluto parlarle perché è una delle persone in possesso delle chiavi del luogo in cui è avvenuto l'omicidio. Ora, visto che non è stata rilevata traccia di effrazione, fa parte del mio lavoro verificare i suoi orari e...»

«Ma, commissario, se si tratta di questo, provvedo subito!» lo interruppe bruscamente l'architetto. «Ieri sera mi trovavo alla reggia, nella Galleria degli specchi per la precisione, e ci sono rimasto fino alle diciannove e trenta. C'è chi può confermarlo. Poi sono tornato a casa e insieme a mia moglie sono uscito per andare da amici, dove siamo rimasti fino all'una di notte circa. Se vuole posso fornirle i nominativi dei presenti. Crede che come alibi sia sufficiente?»

Beaumont alzò la mano con fare rassicurante.

«Va benissimo, signor Grancourt. Provvederemo a verificare, così come per tutti coloro che interrogherò. Come le dicevo, non è stato rilevato nessun segno di effrazione sui cancelli di accesso ai giardini. Di recente, per caso, ha smarrito le sue chiavi?»

Rodolphe Grancourt frugò nella tasca della giacca e ne tirò fuori un mazzo che gettò davanti al commissario.

«Eccole qua. Come può constatare, le ho ancora io, e le assicuro che non le ho mai perse, altrimenti l'avrei subito segnalato.»

«Un'ultima cosa, signor Grancourt. Lei conosceva la giovane uccisa, Marie Métivier?»

«Neanche di vista», fu la risposta secca.

Il commissario si alzò.

«Bene. In questo caso non ho più motivo di disturbarla oltre. Comunque, nel caso le tornasse in mente un dettaglio che potrebbe esserci d'aiuto, si ricordi di avvertirmi.»

Grancourt lo squadrò.

«Io sono un architetto, non un commissario di polizia. Perciò non vedo che cos'altro potrei dirle. Arrivederci.»

Dopo l'architetto Grancourt fu la volta di Jalabert e Robier, i conservatori del Patrimonio. Beaumont li trovò entrambi in un piccolo ufficio ricavato nell'ala nord della reggia e non ebbe problemi a farsi comunicare i loro orari e spostamenti della sera precedente. Nessuno dei due, inoltre, si era mai separato dalle proprie chiavi né conosceva la vittima. Il commissario attraversò pensieroso i lunghi corridoi che lo ricondussero agli appartamenti aperti al pubblico. Se tutti coloro che intendeva interrogare gli avessero dato le stesse risposte, le indagini non sarebbero avanzate di un millimetro. Sperava che Massart avrebbe avuto più fortuna con i famigliari. Attraversò numerosi saloni affollati di visitatori in adorazione dei dipinti e delle sculture e si ritrovò in una stanza piuttosto grande, rivestita di marmo e arredata con trofei in bronzo dorato e finte porte a specchio. Si avvicinò incuriosito alle schede esplicative e scoprì di trovarsi nel Salone della guerra, opera di Charles Le Brun, divenuto primo ministro del re Sole nel 1649. Quella stanza rappresentava la storia della costruzione della reggia al ritmo delle imponenti vittorie militari del regno. La scheda raccontava anche un aneddoto sul lampadario: l'ambiente recava la firma inconfondibile dell'artista, che l'aveva curato nei minimi dettagli. Nonostante ciò, quando i lavori erano prossimi alla conclusione, era accaduto l'impensabile. Un ponteggio aveva fatto cadere il lampadario, un enorme candelabro d'argento a sei bracci e diciotto padelline, che si era fracassato al suolo. Di certo Luigi XIV non doveva aver gradito l'incidente... Beaumont proseguì e arrivò nella Galleria degli specchi. Si fermò per qualche istante sulla soglia per ammirare lo spettacolo che gli si parava davanti agli occhi: una lunga infilata di diciassette specchiere ad arco cui corrispondevano altrettante finestre che davano sul giardino e così, grazie a un abile gioco di riflessi, si aveva l'impressione di camminare in mezzo alla natura. La volta, anch'essa opera di Le Brun, celebrava i successi di Luigi XIV con scene militari e politiche. All'epoca la galleria aveva ospitato le maggiori cerimonie del regno come, per esempio, l'accoglienza riservata al Doge di Genova nel 1685. Il commissario si guardava intorno estasiato, proprio come un qualsiasi turista, quando d'un tratto riprese bruscamente coscienza del motivo della sua presenza in quei luoghi incantati e si rese conto di non sapere in che direzione andare per uscire nel parco, dove avrebbe incontrato il giardiniere capo e il responsabile delle installazioni idrauliche. Esitò un istante, si guardò intorno e vide due donne inginocchiate accanto a una statuetta di marmo, intente a esaminarla millimetro per millimetro scambiandosi pareri. Beaumont si disse che non avevano certo l'aria delle turiste, così si avvicinò.

«Buongiorno, signore. Sareste così gentili da indirizzarmi verso il parco?»

Una di loro si alzò. Aveva i capelli striati di grigio legati in una crocchia da cui sfuggiva qualche ciocca ribelle e guardò il commissario con occhi bruni velati di malizia.

«Perché tanta fretta di uscire nel parco?» chiese con tono amichevole. «Si fermi prima ad ammirare gli interni della reggia, e in particolare la galleria in cui ci troviamo. Vale la pena di trascorrerci ancora qualche minuto, mi dia retta...» aggiunse con un sorriso, che Beaumont ricambiò.

«Mi creda, mi piacerebbe molto, purtroppo però

non mi trovo qui per ammirare queste meraviglie ma per lavoro. Sono il commissario Axel Beaumont della polizia di Versailles.»

Lo sguardo delle donna si rabbuiò un poco.

«Oh, mi scusi, commissario. Immagino si tratti di quell'orrendo omicidio... L'ho saputo stamattina e sono ancora sconvolta... Per me questi sono luoghi d'arte, di bellezza, splendore e grandezza, estranei a ogni crimine... Ma, mi scusi ancora, non mi sono presentata: mi chiamo Françoise Bédélin, responsabile dei restauri delle opere d'arte, e questa è una delle mie assistenti, la signorina Berger», aggiunse indicando l'altra donna, ancora in ginocchio vicino alla statuetta.

«Ma che combinazione! Pensi che volevo parlare anche con lei proprio riguardo all'omicidio. Avrebbe qualche minuto da concedermi?»

«Ma certo. Marie», proseguì girandosi verso la collega, «spero che abbia preso nota delle tecniche per intervenire su quelle scalfitture. Porti la statuetta nel laboratorio e prepari l'occorrente, io la raggiungo fra poco.»

La ragazza si alzò, prese la scultura e se ne andò accennando un timido sorriso di saluto rivolto al commissario.

«Eh, già, ma d'altronde, che vuole? Fra l'usura del tempo e la gente che se ne infischia di rispettare queste opere d'arte, così belle ma anche così fragili, il lavoro davvero non ci manca. C'è sempre qualche danno da riparare, e purtroppo quella statuetta non è l'unica ad aver bisogno di cure. Anche i dipinti richiedono attenzioni costanti, e poi le dorature, e...»

Françoise Bédélin s'interruppe e si mise la mano davanti alla bocca sorridendo.

«Mi scusi, commissario, parlo troppo e per poco non mi dimentico il motivo della sua visita. Immagino che non voglia parlarmi d'arte, giusto?»

«In effetti, be', no», concordò Beaumont ricambiando di nuovo il sorriso. «Anche se mi sembra un argomento decisamente interessante... Lei ha una copia delle chiavi dei cancelli di accesso, vero?»

«Esatto. Così posso muovermi e lavorare in assoluta libertà.»

«Anche i suoi collaboratori ne hanno una copia?»

«Ma certo che no! Io stessa le ho solo in qualità di responsabile dei restauri. Insomma, non siamo mica in un porto di mare...» rispose la restauratrice scherzando.

«Eppure, a quanto sembra, qualcuno è riuscito a introdursi qui senza difficoltà e a compiere un delitto assolutamente indisturbato... I guardiani non hanno trovato alcun segno di effrazione.»

Lo sguardo della Bédélin si rabbuiò di nuovo.

«Ha ragione, è incomprensibile... È per questo che mi ha chiesto se ho le chiavi? Ieri sera ero a teatro. Se vuole posso farle vedere il biglietto...»

«In effetti dovrò verificare orari e spostamenti, ma non si preoccupi, si tratta di una formalità. Cerchi invece di ricordarsi se ha mai perso il mazzo di chiavi o se qualcuno può aver avuto l'occasione di sottrarglielo.»

«Impossibile. Non me ne separo mai. Accettando queste chiavi ho accettato anche la responsabilità che comportano e per nulla al mondo rischierei di perderle. E comunque, mi creda, anche se dovesse accadere, me ne accorgerei all'istante e quindi verrebbero prese subito le debite misure di sicurezza.»

«La giovane uccisa si chiama Marie Métivier. Per caso la conosceva?»

«No, non l'ho nemmeno mai sentita nominare...»

«Bene. La ringrazio dell'aiuto e le sarei grato se m'informasse subito nel caso dovesse ricordare un qualsiasi particolare utile alle indagini.»

«Non mancherò.»

Nel frattempo, mentre parlavano, avevano attraversato numerose stanze e Françoise Bédélin non poté resistere al piacere di fare da guida all'insolito visitatore.

«Quello che abbiamo attraversato è il salone dell'occhio di bue, un tempo chiamato anticamera dei Bassano, dedicata agli omonimi pittori italiani le cui opere sono esposte alle pareti. L'anticamera era adiacente alla stanza di Luigi XIV, poi nel 1701 si decise di abbattere il tramezzo e ricavare il salone. All'epoca era lì che il sovrano faceva attendere i pochi privilegiati che avevano accesso ai suoi appartamenti privati. In questo momento stiamo uscendo dalla prima anticamera, in cui si svolgevano i pasti pubblici del re, il Grand couvert, o cena. Ed è sempre qui che ogni giorno si ripeteva la cerimonia dei placet. Il re in persona, o uno dei ministri, sedeva qui e i sudditi potevano posare sul tavolo le proprie richieste scritte. Ora invece ci troviamo nella sala delle guardie, dove le guardie del corpo del re stavano all'erta giorno e notte. Presentavano le armi ogni volta che il sovrano passava, mentre se si trattava di principi o di duchi sbattevano i tacchi. Quella di fronte a noi è l'entrata principale degli appartamenti di madame de Maintenon. Se vuole seguirmi, per di qua si scende la scalinata della regina e si raggiunge il cortile principale.»

Sbucarono su un pianerottolo davvero magnifico da cui partiva un'imponente scalinata in marmo che dava sul cortile.

«Queste scale portavano agli appartamenti del re, della regina e a quelli di madame de Maintenon ed erano sorvegliate 24 ore su 24 da un corpo di guardie svizzere. L'effetto policromo dei muri è stato ottenuto utilizzando solo i più bei marmi del regno: rosso dalla Languedoc, nero dalle Fiandre, bruno da Rance e verde da Campan...»

Sul volto della restauratrice apparve un sorriso confuso appena accennato.

«Mi scusi se uso termini troppo tecnici, ma mi capita spesso di lasciarmi trasportare dalla passione...»

«Ma non deve scusarsi», si affrettò a replicare il commissario. «Le assicuro che è un vero piacere visitare questi luoghi con una persona tanto esperta. Sa che mi ha fatto venire voglia di tornare come semplice visitatore?»

«La ringrazio. Ma io non ho alcun merito: ho scelto questo lavoro spinta dalla passione che mi divora.»

Si trovavano ora nel cortile principale del castello.

«Eccoci arrivati», lo informò la donna. «Prosegua dritto e, in fondo all'edificio, giri a destra, scenda le scale e si troverà nei giardini. Immagino che ci vada per incontrare il signor Vardès, giusto?»

«Proprio così. E poi vorrei parlare anche con il signor Salvi, il responsabile delle fontane. So che entrambi hanno una copia delle chiavi dei cancelli.»

«Infatti. Di certo troverà il signor Vardès nel suo ufficio, vicino all'Orangerie. Non può sbagliarsi perché ci si entra quasi subito appena arrivati al parco. Purtroppo però non so dirle se il signor Salvi sia qui oggi. Forse dovrà tornare un'altra volta.»

Gli tese la mano con un sorriso.

«Bene, commissario, a questo punto devo proprio andare. La statuetta mi aspetta. In bocca al lupo per le indagini.»

«Arrivederci, signora. E grazie ancora per avermi fatto da guida!» aggiunse Beaumont strizzando l'occhio.

L'Orangerie si trovava a un livello inferiore rispetto al castello e, fiancheggiata dalla scalinata detta dei cento gradini, assicurava la stabilità del terreno. Era orientata a sud e le dimensioni, l'altezza e le linee pulite erano la prova del talento dell'architetto Jules Hardouin-Mansart. L'edificio ospitava aranci, limoni, melograni centenari, oleandri e palme, tutti piantanti in casse e con le fronde arrotondate per motivi estetici. Fu qui che Édouard Vardès, giardiniere capo dei parchi di Versailles e del Trianon, diede il benvenuto al commissario. Il fatto che il cadavere fosse stato rinvenuto nel «suo» regno pareva metterlo molto a disagio. Comunicò i propri orari senza esitare e, come i colleghi prima di lui, assicurò a Beaumont di non separarsi mai dalle chiavi e di non averle mai perse. Nemmeno lui, infine, conosceva Marie Métivier. Salvi purtroppo non si trovava alla reggia, così gli diede il suo indirizzo. Il giorno volgeva quasi al termine, ma

Beaumont fece un salto in ufficio. I risultati della perizia balistica non erano ancora arrivati e il comandante Massart non c'era, così non poté aggiornarlo su quanto aveva scoperto. Diede un'occhiata all'orologio e decise che era ora di tornare a casa. Niente di meglio di una pizza e un bel bicchiere di vino per riprendersi. Per un istante il vino gli riportò alla mente Marie Métivier, così si chiuse la porta alle spalle con una smorfia.

2

Il mattino seguente, alle otto in punto, il commissario Beaumont varcò di nuovo la porta dell'ufficio. Accese il computer e subito udì il segnale che lo avvertiva di un nuovo messaggio di posta. Meno male, erano i risultati della perizia balistica. Finalmente! Li stampò subito, quindi si mise comodo e iniziò a leggere. Il proiettile era stato estratto dal cranio della vittima e il bossolo rinvenuto accanto al cadavere. Il primo passo era stato l'esame della superficie di entrambi i reperti, rilevandone il numero di rigature sulla lunghezza con relativi orientamento e angolatura. Il calibro era poi stato misurato accuratamente con gli strumenti appositi e la balistica interna aveva rilevato delle striature impresse sulla superficie della pallottola. Sul bossolo erano state invece prese in considerazione quattro tracce principali: le labbra del caricatore, il percussore, l'estrattore e l'espulsore, il cui compito è appunto espellere il bossolo, appiattendolo leggermente. I rilevamenti avevano portato all'identificazione dell'arma usata: una MAS G1, pistola automatica calibro nove copia della Beretta 92 e dotata di grande precisione; 970 grammi di peso per una canna da 125 millimetri e un caricatore da quindici colpi. La balistica esterna aveva permesso di determinare la traiettoria del proiettile, sparato frontalmente alla vittima, mentre la balistica terminale, in base all'impatto, aveva stabilito che si era trattato di un colpo a bruciapelo. Era inoltre stato accertato l'uso di un silenziatore.

Beaumont interruppe per un attimo la lettura e si fermò a riflettere. L'uso del silenziatore e il ritrovamento del bossolo accanto al cadavere confermavano che Marie Métivier era stata uccisa dove l'avevano ritrovata. Ora bisognava recuperare la MAS G1 e, soprattutto, chi se n'era servito. Si reimmerse poi nella lettura. Il proiettile era stato confrontato con altri già repertati da casi precedenti e schedati nel database generale della polizia denominato CIBLE e... sorpresa! Circa due anni prima a Corbeil, nella banlieue parigina, quella stessa pistola aveva esploso il colpo che aveva ucciso un uomo durante la rapina a una stazione di servizio. L'indagine, seguita dalla polizia di Evry, si era conclusa con un nulla di fatto e, soprattutto, senza il ritrovamento dell'arma. La notizia preoccupò Beaumont non poco: vi era forse un legame fra i due omicidi? L'assassino che aveva ucciso l'uomo nella stazione di servizio e chi aveva freddato la ragazza nel giardino della reggia erano la stessa persona? Nonostante il caso fosse rimasto insoluto, dare un'occhiata al fascicolo si sarebbe anche potuto rivelare interessante e, perché no, magari addirittura illuminante.

Stava giusto per chiamare i colleghi di Evry quando qualcuno bussò alla porta. Era il commissario di divisione Maurel, che entrò con un'espressione inquisitrice dipinta in volto.

«E allora, le indagini fanno progressi? Ha qualcosa di nuovo in mano?»

Mentre Beaumont gli esponeva gli ultimi aggiornamenti, l'uomo si accarezzava il mento e il commissario ebbe la netta sensazione che non lo stesse ascoltando, sensazione peraltro confermata non appena ebbe finito di parlare.

«Sì, tante belle parole, ma io voglio risultati concreti! Questa mattina ho ricevuto una telefonata dal procuratore della Repubblica e proprio non mi ci vedo a richiamarlo per dirgli che nessuno degli interrogati sa un bel niente e che tutto quello che ha è un riscontro con il proiettile di un'indagine mai chiusa! E comunque, dato che al momento pare l'unica strada, dovrebbe se non altro dare un'occhiata al fascicolo di quel caso», lo ammonì Maurel dirigendosi verso la porta.

«Si dà il caso, signore, che sia esattamente quello che avevo in mente», replicò Beaumont con un pizzico di ironia nella voce.

Mentre il suo superiore se ne andava, il commissario non poté trattenere un sospiro: di sicuro doveva aver litigato di nuovo con la moglie, ecco perché era così di cattivo umore. Le scenate coniugali del commissario di divisione ormai erano leggendarie alla polizia di Versailles, tanto che anche l'ultimo degli agenti poteva vantarsi di avervi assistito perlomeno una volta. La signora Maurel, poi, di origine italiana, aveva un bel caratterino! Ciononostante il comportamento dell'uomo lo indispettiva perché, a ogni nuovo caso, si sentiva in dovere di rovesciargli sul groppone un bel carico di pressione, come se questa aiutasse a far progredire le indagini. Beaumont non poteva sopportare di essere trattato come un bambino che andava male a scuola e si riteneva abbastanza coscienzioso da meritare fiducia. Tuttavia sapeva anche che, se davvero avesse voluto lavorare con tranquillità e senza ritrovarsi costantemente sul banco degli imputati, be', allora avrebbe dovuto cambiare mestiere. Ma non poteva, perché lo amava, quel «mestiere». Si udì nuovamente bussare alla porta, ma questa volta era Massart.

«Buongiorno, commissario. Niente di nuovo per le indagini?»

«Sa, comandante, è il secondo a chiedermelo nel giro di cinque minuti», ribatté Beaumont con una smorfia. «Il caro Maurel se n'è appena andato e convinto, a quanto pare, che siamo un po' lentini! Non aveva l'aria molto contenta...»

«Scommetto che la moglie gli ha fatto la ramanzina», commentò Massart con disprezzo, «e a noi, al solito, tocca farne le spese...»

Si sedette di fronte a Beaumont e accese una sigaretta.

«Ho interrogato tutti i guardiani del turno di notte, e pure quelli del turno di giorno, e nessuno di loro ha notato niente di anomalo la notte dell'omicidio e nemmeno il giorno prima. Non hanno né visto né sentito niente. Ho parlato anche con Monturo, il responsabile della sicurezza, che mi ha garantito di non separarsi mai dalle chiavi. Ci manca solo che se le porti anche a dormire!»

«Sì, le stesse risposte che mi hanno dato gli altri responsabili. Perciò siamo ancora fermi al punto di partenza...» replicò Beaumont con un altro sospiro.

«Ho incontrato anche la famiglia della vittima. Mi hanno fatto i nomi di un paio di persone che frequentava, ma neppure loro mi hanno detto niente di interessante. Nessuno l'ha vista il giorno prima dell'omicidio e tutti hanno un alibi. I genitori la descrivono come un tipo tranquillo e riservato, una che pensava più agli studi che a divertirsi, e niente cattive compagnie. Ho chiesto se portava una collana o un gioiello che potessero spiegare i lividi sul collo, ma sono stati categorici: Marie Métivier odiava i gioielli e non ne indossava mai. Viveva da sola da un anno e la sera dell'omicidio i genitori, preoccupati perché non rispondeva, hanno telefonato al commissariato di zona; aveva detto che avrebbe trascorso la serata a studiare. Ah, c'è un'altra cosa: non aveva problemi legati al sonno e, per quanto ne sappiano, non ha nemmeno mai preso sonniferi.»

«Bene, allora possiamo accantonare l'ipotesi di omicidio per rapina. E comunque devo dire che non mi ha mai convinto. Se fosse stato per rubarle una collana, perché perdere tempo a drogarla... E poi si sarebbe portato via anche i soldi... No, il movente è un altro... Con ogni probabilità l'aggressore le ha dato il sonnifero perché non opponesse troppa resistenza...»

«Ma per fargliela prendere ha dovuto avvicinarla. Come avrà fatto?»

«Non ne ho idea. Comunque sia, ha ottenuto il risultato voluto: Marie Métivier è stata uccisa con un colpo sparato a bruciapelo, senza che opponesse la minima resistenza. Però c'è un particolare che non mi torna: la vittima aveva gli occhi aperti quando è stata uccisa, e allora perché drogarla per poi aspettare che si svegliasse prima di finirla? Piuttosto strano...»

Dopo qualche minuto il commissario si alzò e porse al comandante il rapporto della perizia balistica.

«Tenga, qui ci sono le ultime novità. C'è scritto che l'arma del delitto, una MAS G1, è già stata usata due anni fa durante una rapina in una stazione di servizio a Corbeil. Un caso rimasto irrisolto, ma comunque ho intenzione di dare un'occhiata al fascicolo. Non si sa mai...»

Massart accavallò le gambe e si esaminò le unghie.

«Spero che ci trovi qualcosa. Duole ammetterlo, ma non abbiamo nemmeno mezza pista, niente. Facendola breve, tutti quelli che hanno le chiavi dei cancelli del castello non se ne sono mai separati e hanno un alibi, i guardiani non hanno né visto né sentito niente e, secondo la famiglia, Marie Métivier era una specie di ragazza modello con cui nessuno aveva motivo di avercela. A questo punto, per come la vedo io, ci sono solo due possibilità: o uno di loro mente ed è complice dell'aggressore, se non colpevole, oppure Marie è morta per opera dello Spirito Santo e il suo corpo è fluttuato da solo fino ai giardini di Versailles!»

«Non c'è che dire, Massart, lei ha il dono della sintesi», rispose il commissario con tono ironico. «Però mi faccia un favore: non lo ripeta davanti a Maurel!»

Si accese anche lui una sigaretta.

«Non fasciamoci la testa prima di essercela rotta. Dopotutto le indagini sono appena all'inizio, possiamo ancora sperare di trovare qualcosa di nuovo. Grazie al laboratorio conosciamo l'arma utilizzata, perciò può già mettere all'opera i nostri informatori. Devono drizzare le orecchie e avvisarci all'istante se qualcuno cerca di sbarazzarsi di una MAS G1. Io invece devo ancora parlare con il responsabile delle installazioni idrauliche del castello, non c'era l'ultima volta che ci sono andato. Chissà, magari lui si è perso le chiavi...»

Il telefono squillò. Era Mégane. Passava da quelle parti e gli propose di mangiare un boccone insieme. Beaumont accettò all'istante e le diede appuntamento dì lì a un quarto d'ora. Mentre metteva giù la cornetta incrociò lo sguardo di Massart ed ebbe la spiacevole impressione che non si fosse perso nemmeno una sillaba della sua conversazione e, anzi, gli pareva persino di scorgergli negli occhi lo stesso lampo di disprezzo che, poco prima, aveva notato quando il comandante aveva accennato alla moglie di Maurel.

Charles Salvi, il responsabile delle fontane di Versailles, si era recato all'estero per una settimana di ferie. Obbligato ad aspettare, il commissario decise di fare visita ai colleghi della giudiziaria di Evry per studiare il caso della stazione di servizio. Sfogliando il fascicolo scoprì che il benzinaio era stato rapinato da un uomo con il volto coperto che gli aveva intimato di consegnarli l'incasso. L'uomo rimasto ucciso era un cliente che aveva tentato di fermarlo. Erano state raccolte le testimonianze di molti altri clienti che, avendo assistito alla scena, avevano raccontato di come, una volta sparato, il rapinatore fosse fuggito con i soldi. La polizia non era riuscita a identificarlo e così il caso era stato archiviato come insoluto. La perizia balistica compiuta sul proiettile estratto dal cadavere aveva rivelato che l'arma utilizzata era una MAS G1, la stessa che aveva ucciso Marie Métivier. Ovviamente non era stata acquistata legalmente, e ciò significava che non era registrata. Dato che però non era mai stata rinvenuta, l'ipotesi che il rapinatore di due anni prima fosse anche l'assassino di Versailles non poteva essere scartata. Rimaneva ancora da individuare il movente: dopotutto alla ragazza, almeno a quanto pareva, non era stato rubato nulla. Beaumont chiuse il fascicolo con un lungo sospiro. Era chiaro che non vi avrebbe trovato nient'altro di utile, e tuttavia decise di rimettere due dei suoi uomini sul caso. Chissà, magari ricominciando dall'inizio sarebbero stati in grado di scoprire un nuovo elemento che li avrebbe portati dritti al rapinatore e alla MAS G1, facendoli così avvicinare all'assassino della Métivier. Di ritorno nel proprio appartamento, si chiese come si sarebbe potuto muovere per far progredire le indagini senza gli indizi più importanti. Odiava arrancare a quel modo, senza nessun punto fermo ma con le pressioni che, c'era da aspettarselo, il commissario di divisione e il procuratore della Repubblica non gli avrebbero certo lesinato.

Il giorno seguente era domenica. Beaumont si concesse il lusso di starsene a letto fino a mattina inoltrata, poi si alzò con calma e si accomodò davanti al televisore con un'abbondante prima colazione. Ecco uno dei vantaggi del vivere da soli: si può oziare in tutta tranquillità, senza nessuno che dica di fare questo o quest'altro. Aveva appena finito il caffè quando sentì il conduttore del telegiornale annunciare una notizia che lo lasciò a bocca aperta, con la tazza in una mano e la fetta di pane imburrata nell'altra. All'improvviso il cellulare prese a suonare, era Maurel.

«Addio pace, Beaumont. Mi raggiunga subito nel mio ufficio, mi accompagnerà alla reggia. Massart è già là con i suoi uomini.»

«Ho appena visto il telegiornale...»

Il commissario di divisione proseguì senza ascoltarlo.

«Caro Beaumont, si aspetti un periodo alquanto agitato: c'è stato un altro delitto. Questa mattina nella cappella della reggia hanno trovato il cadavere di un'altra ragazza!»

3

NEL cortile della reggia di Versailles regnava l'agitazione. Oltre alla squadra di polizia già arrivata sul posto, intorno alla cappella si era stretta un gruppo di turisti spaventati e incuriositi. Beaumont seguì il commissario di divisione, che si diresse subito dentro l'edificio, le cui porte erano state bloccate per impedire alla folla di entrare. La cappella di Versailles, alta più di venticinque metri, era consacrata a San Luigi, il re delle Crociate e il santo patrono della monarchia francese. Era dominata da una galleria posta all'altezza degli appartamenti reali da cui il re Sole, e poi il pronipote Luigi XIV, soprannominato «le bien-aimé», il beneamato, e il pronipote di quest'ultimo, lo sfortunato Luigi XVI, assistevano alla messa quotidiana, scendendo nella navata solo per le grandi occasioni. Solitamente quella era riservata ai cortigiani, mentre le dame di corte si accomodavano lungo i matronei laterali e l'orchestra della cappella, conosciuta in tutta

Europa, occupava i gradini intorno all'organo. Beaumont scorse il comandante Massart, con la sua solita aria impassibile, e si diresse verso di lui.

«Che cos'è successo?»

«Più o meno la stessa scena dell'altro giorno, solo che questa volta la vittima è bionda e sull'altare invece che per terra nel parco.»

Il commissario si avvicinò al centro della navata. I bassorilievi in bronzo dorato dell'altare brillavano nella luce smorzata, mettendo in risalto la *Deposizione del Cristo* di Van Clève della base e il triangolo, simbolo di Dio, sistemato alla sommità. Sopra, poggiato come un'offerta, si trovava il corpo della ragazza. Indossava una giacca di pelle chiara macchiata di sangue e i lunghi capelli biondi che pendevano dall'altare parevano tirarle il volto all'indietro. Gli occhi azzurri spalancanti erano di un candore quasi infantile, il volto era pallido e, sulla fronte, una stella sanguinante indicava il foro di entrata del proiettile che l'aveva uccisa. La guancia destra recava graffi ben visibili, mentre le gambe erano piegate e le braccia in croce parevano tendersi vero la magnifica volta affrescata e le splendide sculture ricavate nella pietra del soffitto. Beaumont girò la testa. Sentiva sulla nuca il peso dello sguardo colmo di rimprovero del commissario di divisione e, sperando in una compagnia più piacevole, si guardò intorno in cerca di Mégane. La vide che parlava con dei ragazzi della giudiziaria, poi lei gli fece un sorriso e, dopo averlo raggiunto, gli poggiò una mano sulla spalla con fare partecipe.

«Qualcosa mi dice che presto ti ritroverai sotto le

luci della ribalta», mormorò. «Anzi, per essere più precisi, in piena linea di mira...»

«Vedo che hai colto nel segno», ribatté Beaumont con lo stesso tono. «Maurel già mi guarda come se questa poverina l'avessi ammazzata io. Se non mi muovo a trovare lo stronzo che c'è dietro, rischio davvero di trovarmi nelle grane! Il problema è che al momento non ho nessuna pista attendibile da seguire.»

«Magari con l'autopsia scoprirò qualcosa di nuovo. Porteremo via il corpo a minuti, ti chiamo appena possibile.»

«Grazie, Meg.»

Poi, con uno sguardo assente, il commissario fece ritorno da Massart.

«Io e i guardiani abbiamo controllato ancora i cancelli e la serratura della cappella: nessun segno di effrazione. E visto che nascondersi qui dentro è più difficile che nel parco, direi che l'assassino doveva avere le chiavi. Ci sono dei lavori in corso, e questo spiega perché l'allarme non ha suonato: non era stato inserito.»

Beaumont, assorto com'era nelle proprie riflessioni, non rispose.

«Lei che cosa ne pensa, commissario, l'assassino è lo stesso?» insistette allora il comandante.

«Non posso sbilanciarmi prima di aver letto i risultati di autopsia e perizia balistica. Bisogna ammettere però che le due scene del crimine hanno parecchio in comune: il cadavere di una donna, il proiettile nel cranio, la reggia di Versailles e la mancanza di effrazioni. Una bella chicca per la stampa, quelli non vedono l'ora di parlare di serial killer. Mi raccomando, ricordi a tutti i nostri di tenere le labbra cucite con i giornalisti.»

Detto questo, il commissario si allontanò silenzioso lungo le lastre di marmo in stile barocco del pavimento. I flash dei tecnici della scientifica rumoreggiavano intorno al cadavere e all'improvviso Beaumont sentì il bisogno impellente di allontanarsi. Notò sollevato che, dall'altra parte della cappella, Maurel era impegnato in una fitta conversazione con un uomo. Stava per tornare da Massart per impostare la nuova indagine, quando il commissario di divisione lo chiamò.

«Beaumont, potrebbe venire qui un attimo?»

Andò verso di loro, con tutta calma, e solo una volta vicino riconobbe l'uomo con cui Maurel stava parlando: il direttore Evrard. Pareva agitato, nervoso, e continuava ad asciugarsi la fronte con il fazzoletto. Beaumont si aspettava la solita ramanzina sulla reputazione della reggia che rischiava di essere compromessa, ma a quanto sembrava Evrard doveva averla già propinata al suo superiore perché lo salutò con un gesto e rimase in silenzio. Ci pensò Maurel a parlare per due.

«Beaumont, non ci sono parole per commentare ciò che è accaduto. Due omicidi in una settimana! Inutile ricordarle che ha tutti gli occhi puntati addosso, mi aspetto che trovi al più presto l'autore o gli autori di questi omicidi e che giustizia sia fatta. Sappiamo entrambi che la stampa non ci impiegherà molto a mettere le mani sulla notizia e che, al solito, farà di tutto per farci a pezzi. Purtroppo per noi il cadavere è stato rinvenuto dopo l'orario di apertura. Dato che la cappella è in via di restauro i guardiani non ci sono entrati ed è toccato alla signora Bédélin, quand'è arrivata sul posto per lavorare. L'allarme è stato dato verso le dieci e la notizia si è subito diffusa alla velocità della luce!»

Per un secondo Beaumont ripensò a quella donna così gentile che gli aveva fatto da splendida guida per le stanze del castello. Povera signora Bédélin! Quello spettacolo così sinistro doveva aver intaccato per sempre i ricordi degli antichi splendori che tanto l'appassionavano.

«E poi», riprese Maurel, «la risoluzione del caso è urgente anche da un punto di vista più personale...»

Beaumont assunse un'aria interrogativa, ma Maurel tacque e si rivolse a Evrard, il quale si mordeva le labbra e torceva le mani disperato e, alla fine, lo guardò con occhi imploranti.

«Commissario, è terribile! Sto pensando di far cambiare le serrature degli accessi esterni del castello perché ormai è quasi certo che l'assassino ha le chiavi! Non mi soffermerò a descriverle i danni che questa cattiva pubblicità creerà al nostro bel sito perché c'è qualcosa di ancora peggio che mi preoccupa...»

«Che sarebbe?»

Evrard sospirò e abbassò lo sguardo.

«Diciamo che mi trovo in una situazione piuttosto delicata...» esordì asciugandosi di nuovo la fronte. «La ragazza che è stata uccisa questa notte...»

«Sì? Continui!»

«Oh, signor commissario, è spaventoso!» esclamò il direttore con voce spezzata. «La poverina... era la figlia del signor Salvi!»

* * *

Quella stessa sera Beaumont aveva già in mano tutti i rapporti. Il medico legale, la squadra della giudiziaria e il laboratorio di balistica avevano accettato di buon grado di lavorare tutta la domenica per fornirgli le informazioni il prima possibile. E, come già sospettava, gli elementi combaciavano perfettamente con quelli del delitto precedente: stessa dinamica, con tracce di sonnifero nel sangue e di violenza perpetrata dopo il decesso, nonché proiettile proveniente dalla stessa pistola. C'era solo una differenza: questa volta il bossolo non era stato rinvenuto sul luogo del crimine. L'orario della morte era stimato nelle notte fra il sabato e la domenica, fra mezzanotte e le due del mattino. Beaumont sospirò. Ormai era certo di dover dare la caccia a un serial killer, e ciò, purtroppo, faceva supporre che avrebbe ucciso ancora. Sentì crescergli dentro un impeto di rabbia e serrò i pugni. Come fare per individuare una pista in tanta confusione? Massart aveva interrogato di nuovo tutti i membri del personale e di nuovo nessuno aveva visto né sentito nulla. Louise Salvi era stata uccisa e abbandonata sull'altare della cappella reale senza che nessuno notasse niente. Pareva quasi inverosimile. E poi c'era la questione delle serrature mai forzate. Beaumont era certo che il colpevole fosse in possesso delle chiavi dei cancelli, eppure tutti coloro cui erano state affidate continuavano a garantire di non essersene mai separati. Ciò significava forse che doveva cercare l'assassino fra di loro? O che magari qualcuno era complice? Una cosa, comunque, era ormai certa: non si poteva più credere a un caso. Il criminale, chiunque fosse, aveva scelto di proposito la reggia di Versailles per abbandonarvi le spoglie delle proprie vittime. Ma perché? Che fra quelle mura si celasse un mistero sconosciuto? L'assassino voleva forse vendicarsi di qualcuno che aveva un legame con quei luoghi? Un'ipotesi che, almeno a prima vista, poteva valere per Louise Salvi ma non per Marie Métivier. Il commissario si sistemò sulla poltrona. Perché proprio Versailles? Magari si trattava semplicemente di un fanatico sostenitore della monarchia assoluta, un esaltato che credeva di onorare quei luoghi compiendovi dei delitti che poi cercava di far passare come avvenimenti fuori del comune? Le ipotesi erano davvero numerose. Prese il telefono e chiamò il comandante.

«Massart? Sono il commissario Beaumont. Vorrei che domani mattina si recasse nella biblioteca di Versailles. Dovrebbero avere un archivio dove registrano i nomi di tutti i tesserati e i volumi che prendono in prestito. Se si ricorda, Marie Métivier aveva una tessera della biblioteca nella borsa, e magari è proprio lì che ha conosciuto il suo carnefice. Voglio sapere se anche Louise Salvi l'aveva. Ho pensato che, avendo scelto Versailles come teatro per i suoi delitti, forse si tratta di un fanatico di storia. Voglio che mi trovi i nomi di tutti coloro che negli ultimi mesi hanno consultato a più riprese libri sui re di Francia, la monarchia assoluta e la reggia di Versailles. Non si sa mai, magari questa pista ci porterà da qualche parte.»

Il giorno seguente Beaumont fece ritorno alla reggia, dove trovò il direttore in compagnia di Salvi, appena rientrato dall'estero. Un uomo sulla cinquantina, con i capelli brizzolati in disordine e gli occhi rossi. Dignitoso nel proprio dolore, salutò il commissario sollevando appena la testa.

«Mi chiamo Salvi e sono il padre della ragazza assassinata...»

A stento riuscì a pronunciare quell'ultima parola.

«Se c'è qualcosa, qualsiasi cosa che posso fare per aiutarla...»

«Sono davvero spiacente, signore», esordì Beaumont stringendogli la mano. «So che è il momento meno adatto, ma in effetti avrei alcune domande da porle.»

Salvi annuì in silenzio, e così il commissario iniziò.

«Per prima cosa, sua figlia aveva dei nemici? Per caso conosce qualcuno che poteva avercela con lei al punto da toglierle la vita?»

Il responsabile delle fontane rifletté per qualche istante prima di rispondere.

«Sinceramente non saprei che cosa dirle. Tutti volevano bene a Louise... Ma immagino che ogni padre dica così, vero, commissario? In effetti ci sarebbe il suo ex, ma non credo che sarebbe stato capace di ucciderla...»

«Il suo ex?»

«Sì, un ragazzo instabile e, per dirla tutta, alquanto fuori di testa. Louise l'ha frequentato alcuni mesi nonostante la nostra disapprovazione, ma alla fine ha aperto gli occhi e l'ha lasciato. Lui però l'ha presa piuttosto male e non la smetteva di tormentarla perché ci ripensasse. Ma da qui a ucciderla...»

«Non dobbiamo trascurare nessuna pista. Potrebbe darmi nome e indirizzo del ragazzo?»

«Si chiama Christophe Dupin e credo sia sui venticinque anni. Non ho l'indirizzo, ma so che vive nel quarto arrondissement di Parigi.»

«Bene, andrò a fargli una visitina. Un'altra cosa: come responsabile delle installazioni idrauliche del parco anche lei ha una copia delle chiavi dei cancelli, giusto?»

«Sì, certo.»

«Per caso ricorda se di recente le ha smarrite o lasciate incustodite dove qualcuno avrebbe potuto prenderle senza che se ne accorgesse?»

«No, commissario. Le chiavi dei cancelli sono nel mio mazzo di chiavi di casa, che sto bene attento a tenere sempre al sicuro.»

«Bene», concluse Beaumont alzandosi, «allora io vado a cercare questo Dupin. Comunque vada, signor Salvi, stia pur certo che farò tutto il possibile per trovare l'assassino di sua figlia e sbatterlo in galera.»

L'uomo annuì di nuovo in silenzio e gli occhi gli si riempirono di lacrime.

«Commissario, lei ha figli?»

«No», rispose piano Beaumont.

«Io sono vedovo e Louise era la mia unica figlia. Con lei ho perso la felicità, la mia unica ragione di vita. Lo trovi, commissario, ma la avviso fin d'ora che non avrà modo di sbatterlo in prigione, perché appena saprò chi è, lo ucciderò con le mie mani.»

Andandosene dalla reggia, Beaumont decise di prendere un caffè. Sedette a un tavolino all'aperto e chiuse gli occhi, lasciando che la carezza del sole gli distendesse i muscoli tesi del viso. Pensò a Salvi e alla sua promessa di farsi giustizia da sé. Esisteva qualcosa di più terribile del perdere un figlio? La prima cosa da fare era mettere il palazzo sotto stretta sorveglianza. Se quel criminale avesse deciso di colpire una terza volta, vi erano fortissime probabilità che avrebbe scelto lo stesso luogo. Nel frattempo quel pomeriggio sarebbe andato subito a interrogare Christophe Dupin per controllare se avesse un alibi. Diede un'occhiata all'orologio: le undici e trenta. Era ora di andare a mangiare un boccone e poi tornare in ufficio a cercare l'indirizzo esatto dell'ex di Louise Salvi. All'improvviso il suo cellulare prese a suonare. Era il comandante Massart.

«Dove si trova, commissario?»

«Il tempo di mangiare qualcosa al volo e torno in ufficio. Perché, cos'è successo?»

Silenzio.

«Ha letto i giornali di stamattina?» chiese Massart dopo alcuni istanti.

Beaumont si sentì gelare e il cielo non gli sembrò più così azzurro.

«No, sono andato direttamente alla reggia, dove ho parlato con il padre della vittima. Perché, ci sono già addosso?»

«Diciamo che non hanno perso tempo. Dovrebbe venire qui subito, il commissario di divisione è furioso...»

Beaumont sospirò. La miccia si era consumata ancora prima di quanto si aspettasse.

«Arrivo.»

Pagò il caffè e se ne andò. Nella fretta si scontrò

con una ragazza che stava entrando nel bar. I fascicoli che aveva sotto il braccio si sparpagliarono per terra.

«Non so come scusarmi, signorina», fece subito il commissario inginocchiandosi per aiutarla a recuperare i fogli.

«Non è niente, commissario, non l'ha fatto apposta», rispose la ragazza con voce dolce.

Beaumont alzò sorpreso lo sguardo e si trovò davanti un viso familiare.

«Ma io la conosco! L'ho vista nella galleria degli specchi della reggia. Lei è la signorina... Aspetti, non me lo dica. Signorina... Berger! Marie Berger, giusto? È l'assistente della signora Bédélin.»

«Sono proprio io. Complimenti, ha davvero una memoria di ferro...»

«Sa, nel mio lavoro ci vuole», rispose Beaumont sorridendo. «La prego ancora di scusarmi per averla urtata.»

«E io le ripeto che non importa. Che cosa faceva qui?»

Lo sguardo del commissario s'incupì.

«Come senz'altro saprà c'è stato un nuovo omicidio alla reggia di Versailles, e così pare che sia destinato a bazzicare da queste parti.»

Marie Berger si strinse i fogli al petto con una mano e con l'altra spostò una ciocca di capelli di un bel bruno dorato che si ostinava a ricaderle sul viso. Beaumont non poté evitare di pensare che era davvero carina. Gli occhi nocciola punteggiati di verde si distoglievano vezzosi quando la si fissava con troppa insistenza, la bocca era sottile e ben disegnata e i capelli bruni disseminati di ciocche bionde parevano catturare la luce del sole. Marie annuì.

«Devo ammettere che questi terribili delitti mi danno gli incubi...» mormorò riluttante. «Ormai ho paura anche solo a mettere piede là... È come se avvertissi una presenza ostile...»

«Non si preoccupi, riusciremo a mettere le mani su quel maniaco e lei non avrà più nulla da temere.»

La ragazza fissò il pavimento senza rispondere. Fu Beaumont a rompere il silenzio.

«Ora devo proprio andare», disse con una nota di rammarico nella voce. «Arrivederci, signorina Berger. Anzi, magari a presto...»

«Arrivederci, commissario, e in bocca al lupo!»

Prima di entrare in ufficio Beaumont fece un profondo respiro. Già sapeva che non lo attendeva nulla di buono. Come sempre quando la stampa ne approfittava per speculare su un caso ancora insoluto, il commissario di divisione si sarebbe sfogato sui sottoposti. I suoi timori trovarono conferma non appena aprì la porta dell'ufficio di Maurel. L'uomo aveva la mascella contratta e gli occhi lanciavano strali furibondi. Accanto a lui era seduto Massart, la cui solita maschera impenetrabile aveva, fatto eccezionale, lasciato il posto a un'espressione appena tesa. Maurel aggredì Beaumont non appena lo vide.

«E allora, dove si era cacciato? Sbaglio o non è pagato per giocare a nascondino?»

«E infatti non ci gioco», rispose il commissario con

voce pacata. «Mi trovavo alla reggia per parlare con il padre della vittima.»

«Quale? La prima o la seconda? A meno che invece non fosse il padre della futura vittima, quella che troveremo nei prossimi giorni?»

Così dicendo Maurel afferrò il giornale che aveva sulla scrivania e lo lanciò senza tanti complimenti verso Beaumont. In prima pagina era scritto a lettere cubitali: «Omicidi alla corte del re Sole»; seguiva un articolo zeppo di dettagli. Il lettore, oltre a conoscere i nomi di entrambe le vittime, a quanto pareva aveva diritto anche alla descrizione delle scene del crimine. Louise Salvi era presentata come «offerta deposta sull'altare della monarchia» e Marie Métivier come «vittima della Signora con la falce che di notte erra per i giardini di Luigi XIV». Beaumont scosse la testa disgustato. Quegli avvoltoi di giornalisti non avevano rispetto per nulla, nemmeno per il dolore delle famiglie. Arrivavano addirittura al punto di insinuare che, prima che la polizia fosse riuscita a identificare il colpevole, forse un altro cadavere sarebbe stata trovato nella galleria degli specchi e parlavano di «giochi di intrighi e veleni a Corte nel ventunesimo secolo».

Beaumont ripose il giornale e si preparò all'esplosione finale di Maurel, che non si fece attendere.

«Allora, Beaumont, non ha altro da aggiungere? Toccare con mano quanto i giornalisti ci stiano ridicolizzando non le fa né caldo né freddo? Io la avverto: se è vero che tutte le autorità aliteranno sul mio collo, stia pur certo che, se non mi chiude le indagini il prima possibile, ci saranno delle conseguenze. Sa chi mi ha chiamato questa mattina presto? Il prefetto in persona! E mi creda, non era per scambiare quattro chiacchiere! Tutti stanno sul chi vive e ho l'impressione che lei non si renda conto della situazione: due omicidi in meno di una settimana! Qui non c'è in gioco solo la nostra reputazione: non possiamo lasciare in giro un maniaco recidivo! L'intera popolazione femminile è terrorizzata! E allora che cosa aspetta a darsi una mossa?!?»

Beaumont aveva atteso pazientemente che il commissario di divisione finisse la sfuriata. Imparare a incassare senza fiatare non era stato né facile né piacevole, ma l'esperienza gli aveva insegnato che il modo migliore per togliersi dai piedi Maurel era lasciare che si sfogasse. E, infatti, dopo pochi istanti quest'ultimo si lasciò cadere sulla poltrona e si asciugò la fronte. Beaumont lanciò un'occhiata in direzione di Massart e prese la parola.

«Signor commissario, contrariamente a quanto sembra credere, io mi rendo perfettamente conto della situazione e ho tutte le intenzioni di porre fine a questi delitti. Le ricordo tuttavia che non ho la bacchetta magica, perciò devo accontentarmi del metodo tradizionale, ovvero incontrare, interrogare, sospettare, scoprire. Per farlo però ho bisogno di tempo e...»

«Ma è proprio il tempo che non abbiamo!» lo interruppe Maurel furioso. «Almeno ce l'ha una pista?»

«Questa mattina sono andato alla reggia e ho parlato con il signor Salvi. È in uno stato pietoso e parla addirittura di farsi giustizia da sé non appena scopriremo chi gli ha ucciso la figlia. Ha accennato a un tipo, l'ex di Louise, un certo Dupin, che potrebbe essere un sospetto. Quando Massart mi ha telefonato stavo andando proprio da lui.»

«E allora ci vada, e faccia in modo che non sia un incontro inutile! Quanto alla reggia di Versailles...»

Lo squillo del telefono lo interruppe. Maurel rispose e i due colleghi riuscirono a sentire una voce femminile particolarmente rabbiosa all'altro capo. La donna, senz'ombra di dubbio la moglie di Maurel, riversava così tanti improperi e a voce così alta che Beaumont e Massart non ne persero uno, evitando accuratamente di guardarsi negli occhi per non tradirsi.

«Senti, Giuliana, ne riparliamo stasera!» tagliò corto il commissario di divisione esasperato. «Ho ben altro a cui pensare, mi disturbi per niente nel bel mezzo di una riunione importantissima! Adesso non posso parlare!»

Riagganciò arrabbiato e, per darsi un contegno, frugò nei cassetti della scrivania. Fra sé e sé Beaumont tifava per la signora Maurel, che trattava il marito come lui era solito fare con gli altri. Diede allora un'occhiata in direzione del comandante, che si aspettava di vedere divertito quanto lui per la gustosa scenetta, ma Massart non stava ridendo. Fissava il commissario di divisione, ancora intento a frugare nei cassetti, e il suo viso esprimeva un disprezzo e un odio tali che Beaumont ne fu colpito. Sentendosi osservato, distolse lo sguardo e riprese subito la solita espressione impassibile. Maurel tossicchiò.

«Allora, dicevo che, per quanto riguarda la reggia di Versailles, dev'essere messa subito sotto massima sorveglianza. Immagino che concordiate con me sul fatto che, se il nostro assassino ha intenzione di colpire ancora, di certo cercherà di lasciare il cadavere da qualche parte nel palazzo. Ci aveva già pensato anche lei, commissario?»

«È esattamente ciò che avevo in mente di fare. Andrò da Evrard questa sera stessa per prendere le disposizioni necessarie.»

Beaumont e Massart uscirono dall'ufficio e il commissario si diresse verso il distributore del caffè. Anche se rifilava brodaglia, sentiva comunque il bisogno di bere qualcosa.

«Sono andato alla biblioteca, come mi aveva detto di fare», esordì il comandante. «La responsabile si è impegnata a fornirmi entro le prossime quarantotto ore la lista dei lettori che hanno consultato varie opere su monarchia e Versailles.»

«Bene. Mi avvisi non appena l'avrà ricevuta. Magari ci sarà utile per trovare una pista.»

Christophe Dupin abitava al primo piano di un modesto palazzetto nel quarto arrondissement parigino. Beaumont dovette suonare il campanello tre volte prima che venisse ad aprire. Barba incolta, abiti trasandati e sigaretta in bocca, Dupin rimase immobile a fissare l'uomo che si trovò di fronte.

«Commissario Beaumont della polizia di Versailles», si annunciò quest'ultimo mostrando il tesserino. «Vorrei rivolgerle un paio di domande riguardo all'omicidio di Louise Salvi.»

«Io non so niente!» replicò Dupin cercando di chiudere la porta.

«Se fossi in lei, non ci proverei nemmeno», lo ammonì freddo Beaumont mettendosi in mezzo. «Se si rifiuta di collaborare, ben presto si troverà in cima alla lista dei sospettati.»

«Ma perché? Io e Louise non stavamo neanche più insieme! Io non c'entro un fico secco!»

«Ammette quindi che era la sua ragazza?»

«No, la mia ex. Mi ha scaricato e, come può vedere, la cosa non le ha portato fortuna! Se ne fotteva altamente di quanto ci stavo male e, alla fine della fiera, è lei quella che ha sofferto di più visto che si è fatta ammazzare. E gli sta pure bene!»

«Signor Dupin, mi pare ovvio che parla animato da un certo rancore. Non potrebbe essere che abbia voluto renderle pan per focaccia?»

Dupin sgranò gli occhi.

«Ma dico, scherza o cosa? Mi sta accusando dell'omicidio di Louise?»

«Il padre ci ha raccontato di quanto l'ha assillata perché si rimettesse con lei. E mi pare che sia piuttosto compiaciuto del fatto che sia morta...»

«Al suo vecchio non sono mai andato giù. Era convinto che non ero degno di sua figlia e non ha smesso un attimo di montarla contro di me e alla fine è riuscito a convincerla a mollarmi! E gli sta bene pure a lui! Ammetto che secondo me hanno avuto quello che si meritavano, ma questo non fa di me un assassino!»

«Questo spetta a me giudicarlo, signor Dupin», replicò il commissario con tono fermo. «Dove si trovava fra la mezzanotte di sabato e le due di domenica mattina?»

Christophe Dupin si grattò la testa perplesso.

«Be', per quel che mi ricordo, non mi sono mosso da qui. Verso le otto sono sceso al negozio dietro l'angolo per noleggiare un DVD e sono tornato su. Fine.»

«Provvederò a verificare. Che film ha noleggiato?»

Dupin fece un sorrisetto sarcastico.

«S'intitola *Le calde notti di Sophie*. Non l'ho ancora riportato, le interessa dare un'occhiata?»

Beaumont lo ignorò e proseguì.

«Quindi, se ho ben capito, non ci sono testimoni che possano confermare che fra mezzanotte e le due del mattino lei si trovava qui?»

Il sorrisetto scomparve dalla bocca del ragazzo.

«No, ero solo. Ma è sordo o cosa? Le ho detto che non c'entro niente! Io non potrò provare che ero qui, commissario, ma lei non può provare che non c'ero, giusto?»

Fissò Beaumont con aria di sfida.

«Allora, commissario, ha intenzione di arrestarmi o no?»

Beaumont incrociò le braccia e lo guardò dritto negli occhi.

«Per il momento no, Dupin, comunque le consiglio di stare in guardia e di non allontanarsi dal quartiere. Un'altra cosa: conosce una certa Marie Métivier?»

«Mai sentita nominare!»

«Però scommetto che i giornali li legge... Ne hanno parlato di recente... È il nome della prima donna che abbiamo rinvenuto uccisa a Versailles...»

«E quindi?» chiese Dupin con tono provocatorio.

«Glielo ripeto ancora una volta, Dupin: resti nei paraggi», ribatté Beaumont con freddezza e continuando a fissarlo. «Sa, nel caso abbia bisogno di parlarle ancora.»

Il tono del commissario era decisamente minaccioso. I due continuarono a sostenere l'uno lo sguardo dell'altro, in silenzio. Beaumont stava per uscire, ma cambiò idea e tornò indietro.

«Dupin, lei possiede un'arma da fuoco?»

Il ragazzo gli lanciò uno sguardo pieno d'odio e rispose di no.

«Ne è assolutamente sicuro?» insistette il commissario. «Non è che per caso possiede una MAS G1? Sa, quelle belle pistole automatiche, di piccole dimensioni?»

«No!» ribadì Dupin scostante.

Beaumont lo osservò qualche istante senza dire nulla, poi girò sui tacchi e se ne andò. Si era alzato il vento e faceva fresco. Si sedette in macchina e prese il cellulare.

«Massart? Sono io. Ho appena parlato con Christophe Dupin e non mi sembra un tipo molto raccomandabile. Controlli se ha un'arma da fuoco. E gli metta uno dei nostri alle costole, giorno e notte. Già da questa sera.»

Accese la radio, ma guidava senza ascoltarla. Lungo il ritorno verso casa passò davanti al bar dove si trovava quando Massart l'aveva chiamato e ripensò a Marie Berger. Una ragazza davvero molto carina. Peccato però che fosse anche così timida. Un giornale radio che parlava ancora dell'«assassino di Versailles» lo riportò alla realtà e alle preoccupazioni. Spense stizzito l'autoradio e proseguì in silenzio.

4

EVRARD si asciugò la fronte e sospirò.

«È terribile. Ormai non si parla d'altro. Dopo il secondo omicidio l'afflusso di visitatori si è dimezzato, e chi viene passa più tempo a bisbigliare davanti alla cappella o al boschetto della Colonnade lanciando occhiatine terrorizzate che ad ammirare le nostre meraviglie. La prego, mi dica che è sul punto di acciuffare l'assassino...»

Beaumont aveva dipinto in volto un sorrisetto disilluso.

«Se dipendesse soltanto da me, l'avrei già fatto. Ma le posso dire che, in casi del genere, i colpevoli non sono particolarmente ansiosi di farsi acciuffare. A ogni modo, le indagini seguono il loro corso e sono davvero deciso ad arrestare questo criminale, chiunque sia.»

Il direttore sospirò di nuovo.

«È terribile... La settimana prossima aspetto un

gruppo di ricchi americani che finanziano regolarmente i lavori di mantenimento della reggia. Che cosa gli posso raccontare? Questa faccenda mette Versailles in cattiva luce!»

Il commissario si voltò verso il responsabile della sicurezza, seduto accanto al direttore.

«Ricapitoliamo, signor Monturo. Deve raddoppiare il suo personale effettivo sino a nuovo ordine, sia di giorno sia di notte. Pretendo che tutti gli accessi al castello e al parco siano sorvegliati costantemente. Io comunque le manderò alcuni poliziotti per coadiuvare i suoi guardiani. Qualsiasi fatto sospetto dovrà essere segnalato seduta stante. Voglio tutti con gli occhi e le orecchie bene aperti!»

Si alzò in piedi e fece per congedarsi.

«Mi chiami non appena la prima squadra sarà al proprio posto. Evrard, lei controlli che a partire dall'orario di chiusura l'allarme funzioni dappertutto nel modo corretto.»

«Lo verificherò di persona.»

Beaumont lasciò l'ufficio e ripercorse il corridoio lastricato di marmo fino all'uscita.

«Commissario? Commissario Beaumont!»

Si voltò e vide un uomo piuttosto giovane dalla folta capigliatura di un biondo cenere che gli faceva segno di aspettarlo. Si sforzò di richiamarne alla mente il nome.

«Sono Laurent Robier, conservatore del Patrimonio. Si ricorda di me, commissario? Mi ha interrogato dopo il ritrovamento del primo cadavere nel boschetto della Colonnade...» esordì quello allungando la mano.

«Esatto, signor Robier, stavo giusto cercando di ricordarmi il suo nome, comunque rammento il nostro incontro. Come sta?»

«Bene, grazie. Aspettavo che uscisse dall'ufficio del signor Evrard perché volevo parlarle a quattr'occhi.»

Beaumont lo guardò stupito.

«Problemi?»

«Ecco... Ricorda? Durante il nostro primo incontro mi ha interrogato in presenza del mio collaboratore, Christophe Jalabert, ed è per questo che... ecco... non sono stato del tutto onesto con lei...»

«Che significa?» ribatté Beaumont, incuriosito.

«Non intendevo parlarne a nessuno...» proseguì Laurent Robier, «ma poi un'altra ragazza è stata uccisa, e per di più, era la figlia di Salvi... A quel punto, sono stato assalito dai rimorsi e ho deciso di dirle tutto.»

«In nome del cielo, signor Robier, se mi ha taciuto qualcosa di utile alle indagini, è arrivato il momento di parlare!» si spazientì il commissario.

«Va bene, ecco... Si tratta del mio mazzo di chiavi... L'altra volta, mi ha chiesto se l'avessi mai perso e davanti al collega ho dichiarato di no, però ho mentito...»

«Aveva smarrito le chiavi e non me ne ha fatto parola?» esclamò Beaumont.

«La prego di scusarmi», balbettò confuso Robier. «So che si tratta di una grave pecca professionale, soprattutto viste le conseguenze che ne sono derivate. Ma, sul momento, non pensavo vi potesse essere un nesso. È stato solo in seguito al secondo omicidio, quando l'assassino si è introdotto nella cappella, che ho compreso dovesse avere le chiavi della reggia. E che queste chiavi potevano proprio essere una copia delle mie.»

«Una copia?»

«Sì... Si figuri che quindici giorni prima dell'omicidio di Métivier mi trovavo al bowling con mia moglie. Sa, a noi piace molto giocare... E ho la cattiva abitudine di non riporre la mia sacca nel guardaroba per averla sotto mano, caso mai ne avessi bisogno. Prendiamo sempre un tavolo vicino alla pista, così posso dare un'occhiata alle mie cose mentre gioco...»

Spazientito, Beaumont gli fece segno di proseguire.

«Venendo al dunque: quella sera, come al solito, avevo posato la sacca sulla sedia insieme a giacca e cellulare. Dentro c'era anche il mazzo di chiavi. Al bowling c'era un mare di gente. Io e mia moglie eravamo tutti presi da una partita particolarmente accesa e, nel momento clou, ho realizzato uno strike sorprendente. Tutti quelli che lo hanno visto mi hanno applaudito. Pochi minuti dopo sono ritornato al mio tavolo e la sacca era sparita!»

«E che cosa ha fatto allora?»

«Ci siamo messi a cercarla dappertutto, ma poi abbiamo capito che l'avevano rubata. Come può ben immaginare, ero fuori di me. Non solo la sacca conteneva una grossa somma di denaro contante, ma anche tutti i miei documenti, la carta di credito e il mazzo di chiavi del castello. Mi sono subito recato al comando di polizia più vicino per denunciare il furto.»

«Eppure oggi le aveva le chiavi, no?»

«Sì, perché due giorni dopo la polizia mi ha chiamato. La mia sacca era stata ritrovata sul ciglio della statale. Il ladro aveva preso tutti i contanti, circa cinquecento euro, e il mio braccialetto d'oro; lo avevo messo nella sacca perché il fermaglio era rotto. Il resto lo aveva gettato. All'interno c'erano ancora i documenti e le chiavi. Ma adesso, mi sono detto...»

«Si è detto che in quarantotto ore chi ha rubato la sacca avrebbe avuto tutto il tempo di fare una copia delle chiavi», concluse Beaumont al suo posto. «A patto, però, di sapere che avrebbero aperto le porte della reggia di Versailles. C'era scritto sul mazzo?»

«No... Ma nella sacca c'erano tutti i miei documenti e alcuni biglietti da visita, e anche appunti personali di lavoro. Bastava fare due più due...»

«Non è da escludere. Signor Robier, si rende conto che avrebbe dovuto dirmelo molto tempo fa?»

Laurent Robier abbassò la testa, confuso.

«Lo so, commissario, e le porgo ancora le mie scuse. Non volevo passare per un irresponsabile agli occhi del mio collega. E poi non pensavo fosse importante...»

«E invece adesso ha realizzato che, così facendo, probabilmente si è reso complice involontario di un assassino!» tagliò corto Beaumont. «Basta, non parliamone più! Adesso l'importante è che si faccia perdonare dandomi tutti i dettagli possibili. Dove si trova questo bowling?»

«Nella periferia di Parigi, in una stradina piuttosto isolata nei pressi di Corbeil. La mia sacca è stata ritrovata sul ciglio della strada a qualche chilometro di distanza.»

Nell'udire quel nome il commissario sussultò. Corbeil! Era lì che, due anni prima, aveva avuto luogo la rapina alla stazione di servizio in cui era stata usata la stessa pistola che aveva ucciso le due giovani donne. Forse il rapinatore si aggirava nella stessa zona ed era stato lui a rubare la sacca di Robier? Ma perché rubare le chiavi del castello per poi uccidervi delle donne? Secondo logica, un rapinatore è interessato ai soldi, quindi, se trovasse le chiavi di un luogo stracolmo di oggetti di valore, sarebbe tentato di filare via arraffando tutto ciò che può anziché portarvi o lasciarvi dei cadaveri. A meno che, ovviamente, non si trattasse di un malato mentale, uno psicopatico.

«Dice che anche il braccialetto d'oro che era nella sacca è stato rubato. Me lo può descrivere?»

«È di Cartier. La piastrina è molto grande e sul retro ci sono incisi il mio nome di battesimo, Laurent, e la mia data di nascita, il 20 maggio 1970. Come le ho detto prima, il fermaglio è rotto. Dovevo portarlo a riparare.»

«Bene, la ringrazio. Queste informazioni mi saranno molto utili.»

Beaumont si congedò dal conservatore e, uscendo dall'ala destra del castello, si ritrovò nel cortile di marmo. Prese il telefono e compose il numero di uno dei propri informatori.

«José, sono il commissario Beaumont.»

All'altro capo vi fu un breve silenzio.

«Commissario, ma perché mi chiama a quest'ora? Vuole cacciarmi nei guai forse? È fortunato a trovarmi da solo. Ho detto al suo assistente che l'avrei contattata io se avessi trovato qualcosa sull'arma.»

«Sì, José, lo so, ma si tratta di un'emergenza! La

rapina alla stazione di servizio e i miei omicidi non sono stati solo commessi con la medesima arma, ma credo di poter affermare anche dalla stessa persona.»

L'informatore mugugnò dubbioso.

«Non so, commissario. Sa, le armi comprate sotto banco girano un sacco. Dopo che sono servite allo scopo, passano di mano; è normale. È raro che chi le ha usate decida di rischiare e tenersele!»

«Ok, adesso però muovi il culo e impegnati di più. Veniamo al sodo, conosci un certo Christophe Dupin?»

«Mai sentito nominare», rispose José, laconico. «È amico suo?»

«Ti risulta che abbiamo gli stessi amici? Questo tizio è un possibile sospetto. Drizza le antenne e vedi di scoprire qualcosa su di lui. Abita nel quarto arrondissement.»

«Quello non è il mio settore!» protestò l'altro.

«E allora, allargalo, vecchio mio. E comunque, non dimenticare di farti un giro dalle parti di Corbeil. Perché laggiù qualcuno ha rubato un mazzo di chiavi della reggia di Versailles, e questo qualcuno potrebbe essere proprio il mio assassino, nonché il rapinatore della stazione di servizio. Una coincidenza alquanto curiosa, non trovi? I due casi girano intorno a Corbeil. Allora, dato che tu frequenti tutte le persone poco raccomandabili della zona, mi scoverai in fretta chi possiede una MAS G1. Un'altra cosa: insieme alle chiavi è stato rubato un braccialetto d'oro. Un bel gioiello di Cartier, con inciso 'Laurent' e la data '20 maggio 1970' sulla piastrina. Cerca di scoprire se qualcuno ha tentato di piazzarlo in cambio di marijuana. E vedi di sforzarti, se vuoi che eviti di ficcare troppo il naso nei tuoi affari!»

«Commissario, sa bene di poter contare su di me!»

Beaumont riagganciò con un sorrisetto. L'atteggiamento ossequioso del suo informatore l'aveva sempre divertito. In fondo quel José non era un tipo cattivo. Di certo non era nemmeno un santo, ma in quell'ambiente aveva visto di molto peggio.

Assorto com'era nelle proprie riflessioni, urtò con il gomito una donna che se ne stava in piedi nel cortile di marmo. Stava per scusarsi quando il suo viso s'illuminò di un ampio sorriso.

«Lei! Ma allora sta proprio diventando un'abitudine!»

Era Marie Berger, che ricambiò il sorriso. Portava una camicetta verde smeraldo che le metteva in risalto gli occhi, e il commissario pensò di nuovo che fosse molto seducente.

«Cos'ho fatto cadere questa volta?» domandò chinandosi a raccogliere una grande cartella per disegni.

La ragazza arrossì.

«Oh, sono solo scarabocchi...» balbettò timidamente mentre Beaumont esaminava uno schizzo a carboncino.

«Scarabocchi? Lei è troppo modesta. Questo disegno è di una somiglianza sorprendente. Ha proprio una bella mano nel disegno!»

Lo schizzo rappresentava la reggia di Versailles vista dal cortile in cui si trovavano. L'edificio centrale, costeggiato dalle due ali maestose e dalla cappella, era stato reso in maniera ammirevole.

Marie Berger abbozzò un timido sorriso.

«È gentile da parte sua. Mi piace molto disegnare. E con tutte le meraviglie che ci sono qui davvero i modelli non mi mancano!»

Le guance rosee della ragazza si accesero a poco a poco mentre evocava la reggia.

«Le linee di questo edificio, ad esempio. Sa che un tempo la parte centrale era il padiglione di caccia del re Luigi XIII? Lo aveva soprannominato 'il castello delle carte'. Quando decise di costruire a Versailles un palazzo che avrebbe eletto a propria residenza ufficiale, Luigi XIV ci tenne a conservare il padiglione a cui suo padre era tanto affezionato. Lo fece restaurare, ampliare e volle anche aggiungere ali e giardini. Era un uomo piuttosto sentimentale...»

«Mi sembra che lei si appassioni alla storia di questa reggia e di coloro che vi sono vissuti quanto la sua principale, la signora Bédélin. Ho avuto l'occasione di girare alcune stanze insieme a lei e mi ha fatto scoprire tante di quelle cose», commentò Beaumont.

Marie Berger lasciò vagare lo sguardo sulla facciata dell'edificio.

«Questo posto è così meraviglioso... È più ricco di eventi storici e di ricordi maestosi di qualsiasi altro palazzo del Paese, perfino di tutta l'Europa. Per quanto mi riguarda, trovo che la sua storia sia molto più appassionante di quella del castello di Schönbrunn. Non che la dinastia asburgica non sia interessante, ma quella dei Borbone, e anche quella dei Valois, sono ben più affascinanti. E poi sono francese, lo sciovinismo ce l'ho nel sangue...»

Beaumont l'ascoltava con vivo interesse.

«Signorina, sa che è un piacere stare ad ascoltarla? Sono sicuro che lei conosce tante di quelle cose sulla vita dei nostri re.»

«Oh, guardi che io non ho nessun merito. La storia del nostro Paese mi ha sempre incantata, e poi ho la fortuna di lavorare qui. Ciò non ha fatto che aumentare la mia passione. Per questo motivo, quando ho del tempo libero, faccio qualche disegno... C'è così tanta bellezza in questi luoghi...»

Lo sguardo della restauratrice brillava. Beaumont non riusciva a staccarle gli occhi di dosso e la trovava più bella che mai. Per mascherare il proprio disagio volse l'attenzione alla cartella di disegni che teneva ancora sotto il braccio.

«E così ha disegnato altre cose? Permette che dia un'occhiata?»

Mentre parlava, aveva già aperto la cartella e stava sfogliando gli schizzi.

«No!» quasi gridò la ragazza strappandogli i fogli di mano.

Il suo gesto fu tanto brusco che la cartella finì a terra e si aprì. Beaumont attonito si accovacciò e radunò i disegni sparsi. D'un tratto, uno in particolare attirò la sua attenzione. Era lo schizzo di un uomo, seduto all'aperto, al tavolino di un bar.

«Ma... questo sono io!» esclamò sorpreso.

Marie Berger arrossì violentemente. Fissava ostinata il suolo e sembrava sul punto di scoppiare in lacrime.

«Mi ha fatto un ritratto?» le domandò con dolcezza.

La ragazza sembrava combattuta. Un istante dopo riuscì finalmente a trovare il coraggio di alzare lo sguardo.

«Come le ho detto», balbettò, «mi piace molto disegnare. E a volte tento di fare degli schizzi a memoria, per allenare l'occhio a ricordare più particolari possibili. Quando l'altro giorno ci siamo incontrati ho voluto provare a farle un ritratto... La prego di scusarmi, non volevo offenderla...»

Beaumont le sorrise con gentilezza. Non voleva dare a vedere che quella bella scoperta gli aveva dato il batticuore.

«Non sono offeso, Marie. A dire il vero, sono piuttosto lusingato! Permette che la chiami Marie, vero?»

La restauratrice rispose di sì con un timido cenno della testa. Beaumont sentì il bisogno di vederla sorridere di nuovo.

«Via, non sia così modesta. Lei è un'artista formidabile», affermò vivace. «Vede, nel disegno a carboncino è riuscita ad attenuare le rughe che ho agli angoli degli occhi, e poi si nota appena che quel giorno non mi ero rasato bene!»

La ragazza scoppiò in una risata. Il ghiaccio era stato rotto. Beaumont decise di farsi avanti.

«Ha finito di lavorare per oggi? Che ne direbbe di pranzare insieme a me? Se ne ha voglia, potrebbe farmene un altro. Per me sarebbe un piacere posare per lei.»

«Mi rincresce, ma la mia pausa pranzo è finita e ho ancora molto lavoro.»

Davanti all'espressione delusa del commissario, si

affrettò ad aggiungere: «Ma, se vuole, potremmo pranzare insieme un'altra volta...»

«Ne sarei lieto. Che ne dice di lasciarmi il suo numero di telefono?»

Marie Berger tirò fuori un pezzo di carta dalla cartella per disegni, vi appuntò il proprio numero e glielo porse.

«Grazie, Marie. Allora a presto.»

Le strinse la mano, e lei gli sorrise di rimando. In quell'istante un uomo lì accanto li squadrò con durezza, per poi proseguire per la propria strada. Marie arrossì e ritirò prontamente la mano da quella del commissario.

«Quello è Rodolphe Grancourt, l'architetto. È così un antipatico! Non perde occasione per mostrarsi odioso con tutti. Spero che non mi causi dei problemi...» commentò contrariata.

«Perché dovrebbe causarle dei problemi? Non stava facendo nulla di male», la rassicurò Beaumont. «A essere sinceri, conosco quell'uomo. L'ho interrogato nel corso delle mie indagini, e condivido l'opinione che ha su di lui. È tutt'altro che simpatico!»

Marie annuì. Era sempre molto bella, ma la presenza di Grancourt le aveva cancellato ogni traccia di ilarità dal viso e aveva ripreso quell'aria da cerbiatta impaurita. Accennò un timido sorriso, prima di allontanarsi.

«Arrivederci, commissario.»

«A presto, Marie.»

* * *

Il giorno seguente Beaumont ricevette la chiamata di uno degli uomini incaricati di sorvegliare Christophe Dupin.

«Capo, sono Gérard. Vorrei segnalarle che ieri sera il nostro uomo ha avuto un appuntamento con una donna. Una rossa decisamente volgare. Hanno passato la serata insieme e lei è tornata anche oggi. L'ho appena vista salire. Vuole che teniamo d'occhio anche lei?»

Il commissario rifletté un istante. Dupin poteva essere ormai ritenuto un sospetto, e se si fosse rivelato colpevole, qualsiasi donna che si trovava in sua compagnia correva il rischio di essere la prossima vittima.

«Certo, Gérard, soprattutto quando è insieme a lui. Se Dupin è davvero l'assassino, dobbiamo fare di tutto per evitare che a breve questa rossa sia ritrovata distesa da qualche parte all'interno del castello.»

Aveva appena riagganciato quando il telefono squillò di nuovo. Era il giudice istruttore incaricato del caso. Beaumont lo ragguagliò sulle ultime scoperte, senza tralasciare la storia del mazzo di chiavi rubato a Laurent Robier.

«Ho chiesto al mio assistente di portarmi la lista di tutte le persone che è stato possibile registrare al bowling quella sera. Vale a dire, quelle che hanno pagato con assegno o carta. Sfortunatamente è impossibile risalire a chi ha pagato in contanti.»

Il giudice chiese se Dupin era sempre sotto sorveglianza. Beaumont avrebbe giurato di percepire del disappunto nella sua voce.

«Lo teniamo d'occhio ma per il momento non abbiamo nessuna prova contro di lui. Un nostro informatore sta cercando di trovare il proprietario della

MAS G1 e il braccialetto che è stato rubato insieme al mazzo di chiavi.»

Il giudice si fece assicurare che sarebbe stato avvertito di ogni più piccola evoluzione delle indagini e lo salutò. Proprio in quel momento bussarono alla porta. Era Massart.

«Vengo dal bowling. Ecco la lista che mi ha chiesto. Dupin non c'è.»

«C'era da aspettarselo», borbottò Beaumont, «sarebbe stato troppo bello!»

«Non crede che potremmo richiedere l'autorizzazione a perquisire il suo domicilio? Quale metodo migliore per sapere se possiede una MAS G1?»

«Non ci conti, Massart. Il giudice istruttore non ci darà mai l'ok. Non abbiamo nessun indizio contro Dupin a parte il fatto che è l'ex di una delle vittime. Questo non costituisce una prova. Sarebbe diverso se si fosse trovato al bowling la sera in cui il direttore si è fatto fregare le chiavi. Il mazzo di chiavi e la storia con Louise Salvi ci avrebbero permesso di incastrarlo. Ma, a proposito, ora che ci penso...»

D'improvviso il commissario aprì un'agendina e compose un numero sotto lo sguardo sorpreso del proprio assistente.

«Buongiorno, sono il commissario Beaumont. Potrei parlare con il signor Salvi, per favore?»

Mentre attendeva, Beaumont tamburellava nervosamente con le dita sulla scrivania.

«Signor Salvi, sono il commissario Beaumont. Mi scusi per il disturbo, ma ho una domanda da porle riguardo a Christophe Dupin. Visto che era il ragazzo di sua figlia, non potrebbe essere entrato in casa sua e averle sottratto le chiavi giusto il tempo necessario per farne una copia?»

«No, commissario, gliel'ho già detto: non mi piaceva per niente che mia figlia lo frequentasse perciò non ha mai messo piede a casa mia, e tanto meno ha avuto modo di avvicinarsi al mio mazzo di chiavi.»

Beaumont sospirò profondamente. Aveva un'altra domanda da porre e, per quanto fosse delicata, aveva assolutamente bisogno di una risposta.

«Signor Salvi, pensa che avrebbe potuto ottenere quelle chiavi per mezzo di sua figlia?»

Vi fu un attimo di silenzio all'altro capo del telefono. Poi, la voce di Charles Salvi si fece udire di nuovo.

«Commissario, mia figlia non era perfetta, e non è perché è morta che la idealizzo. Tuttavia, sono certo di una cosa: non mi avrebbe mai tradito. Conosceva la mia serietà professionale e non mi avrebbe mai causato problemi.»

«Bene, la ringrazio, signor Salvi. Arrivederci.»

Beaumont si era fatto pensieroso. Se solo fosse riuscito a scoprire un elemento significativo, qualcosa in grado di orientare finalmente l'inchiesta nella giusta direzione. Sospirò.

«Faccia avere questa lista a José», ordinò. «Non si sa mai, magari qualcuno gli suona familiare, e chissà che non salti fuori che uno di loro ha una pistola come quella che stiamo cercando. Mi dica, Massart, notizie da Grandier e Lassale? Qualche elemento in più sulla rapina alla stazione di servizio?»

«Hanno ripreso il caso dal principio. Stanno interrogando di nuovo il proprietario e i testimoni. Ma, per il momento, non hanno scoperto niente di nuovo. Ah, a proposito: mentre lei ieri era alla reggia ho ricevuto la lista della biblioteca. Erano una decina di persone e sono riuscito a interrogarle tutte, tranne una madre di famiglia che è in vacanza all'estero. Si tratta per lo più di studenti impegnati a preparare una tesi sulla monarchia assoluta oppure una presentazione sulla reggia. C'erano anche due pensionate che si sono appassionate alla biografia di Luigi XIV dopo avere visto *Angelica la marchesa degli angeli* in televisione. Come vede, niente di losco... E poi c'era anche un altro nome sulla lista, uno che la interesserà di certo!»

«Di chi si tratta? Di Dupin?»

«No, della prima vittima, Marie Métivier. Ha consultato tutti i vecchi libri sulla vita dei Borbone, da Enrico IV a Luigi Filippo. Sembrava davvero interessatissima all'argomento. Louise Salvi invece non era iscritta alla biblioteca.»

Interessante! E così, Marie Métivier si appassionava ai re francesi. E Louise Salvi era figlia di uno dei responsabili della reggia: ora più che mai era chiaro che vi era un legame diretto fra le vittime e il luogo in cui erano state ritrovate. Già, ma quale? E perché? Domande cui purtroppo non poteva ancora rispondere.

Dopo che Massart se ne fu andato, il commissario lasciò errare lo sguardo per l'ufficio. Era già tardi e si sentiva piuttosto stanco. Gli occhi gli si posarono sul disegno di un paesaggio. Era stata la sua segretaria ad appenderlo perché, diceva, quell'ufficio era troppo spoglio. Nel vederlo la sua mente corse subito a Marie Berger. Gli capitava spesso nell'ultimo periodo.

Dopo la relazione con Mégane non aveva più provato un'attrazione così forte nei confronti di una donna, tanto meno di una che conosceva appena. Protese la mano verso il telefono, esitò, poi alzò il ricevitore. *Come dice il proverbio? Bisogna battere il ferro finché è caldo*. Si stupì nello scoprirsi nervoso come un adolescente al primo appuntamento.

«Marie, sono il commissario Beaumont. Sono felice di trovarla a casa. Ha già qualche impegno per questa sera? No? Allora che ne direbbe di cenare insieme? Conosco un ristorantino dove servono dei primi favolosi. Va bene? Magnifico! Mi dia il suo indirizzo, la passerò a prendere alle otto.»

Si sentiva più leggero. Gli avrebbe fatto un gran bene distrarsi dall'inchiesta per una sera. Lasciò l'ufficio attento a non fare il minimo rumore: ritrovarsi costretto a fare rapporto a Maurel non sarebbe stato certo il modo migliore per farsi venire appetito.

5

COME sempre gli spaghetti ai frutti di mare erano deliziosi. Seduti l'uno di fronte all'altra, il commissario Beaumont e Marie Berger li assaporavano entusiasti.

«Questo ristorante è splendido!» esclamò la donna con un sorriso. «Ci viene spesso?»

Beaumont evitò accuratamente di dirle che nel periodo in cui usciva con Mégane era divenuto un cliente abituale. Il medico legale infatti impazziva per la cucina italiana.

«Di tanto in tanto», si limitò a rispondere ricambiando il sorriso, «ma di rado in così bella compagnia.»

Marie Berger abbassò gli occhi e arrossì. Per Beaumont era impossibile non trovarla deliziosa.

«Sa che ancora non so come si chiama?» commentò timidamente.

«Axel. Mi chiamo Axel Beaumont.»

Gli occhi verdi di Marie assunsero un'espressione sognante.

«Axel...» ripeté piano «È molto carino... Con un nome simile era destinato a venire alla reggia di Versailles prima o poi...»

«Che cosa intende dire?» chiese Beaumont stupito.

«Ecco, lei porta lo stesso nome di un affascinante gentiluomo svedese che fu il grande amore della regina Maria Antonietta, il conte Hans Axel von Fersen. Ebbero una relazione molto tormentata, ma le poche lettere della loro corrispondenza pervenute sino a noi dimostrano che erano uniti da un legame fortissimo, indissolubile...»

«Davvero? Non sono molto ferrato in materia e non sapevo di portare lo stesso nome di un uomo amato da una regina francese.»

«Si conobbero a un ballo in maschera, all'epoca in cui lei ancora non era che la Delfina. Fu un colpo di fulmine e la loro passione continuò durante tutto il regno di Luigi XVI. Allo scoppio della rivoluzione fu il conte che, travestito da cocchiere, tentò di far fuggire la famiglia reale, che però fu arrestata a Varennes. Rischiò il tutto e per tutto per salvare l'amata ma purtroppo fallì e così lei morì sul patibolo...»

Beaumont la ascoltava affascinato. Come sempre quando rievocava la storia di Francia, la ragazza si animava e il suo viso era come trasfigurato. Il commissario non si era mai interessato in modo particolare alla vita dei sovrani, tuttavia Marie aveva la capacità di trasmettere la propria passione a chi l'ascoltava.

«Una storia d'amore proprio infelice, non trova? La regina Maria Antonietta ha lasciato una pessima immagine di sé nella memoria dei francesi. Era ritenuta frivola, sconsiderata, senza cuore e del tutto indifferente alle sorti dei sudditi, ma io ho letto molto su di lei e mi sono fatta l'idea di una donna fragile e disperata, che detestava la vita di corte e cercava di sfuggire al proprio malessere in un turbinio di piaceri e folleggiamenti. Stordirsi è un buon modo per dimenticare la propria solitudine... E, nonostante i numerosi cortigiani che le si affollavano intorno, Maria Antonietta era molto sola. Un po' come lo fu Sissi, l'imperatrice d'Austria, un secolo più tardi...»

«Potrei starla ad ascoltare per ore», mormorò Beaumont. «Lei è davvero abilissima a donare alla storia del nostro Paese una sorta di aura magica, a farla rivivere nella mente di chi l'ascolta. Tutti quelli che lavorano alla reggia sono colti come lei?»

Marie accennò un sorriso imbarazzato.

«Gliel'ho già detto, non ho alcun merito. La storia mi appassiona. E poi, c'è da dire che, stando a contatto con persone come la signora Bédélin, è impossibile non interessarsene. Ho imparato tante cose discorrendo con lei.»

Beaumont esitò un momento, poi si decise ad affrontare l'argomento che gli stava a cuore.

«Marie... Lei che ama tanto Versailles e che conosce tanto della sua storia, non si è fatta un'idea di che cosa possa avere spinto l'assassino a commettervi i propri crimini? È evidente che non è un caso se i cadaveri sono stati rinvenuti proprio lì.»

Lo sguardo della ragazza si rabbuiò, come se la domanda l'avesse costretta ad abbandonare i propri sogni per tornare alla triste realtà.

«Sinceramente non saprei...» rispose piano, «però le confesso di essermelo chiesto anch'io. Che cosa può spingere una persona a commettere dei crimini in un luogo così splendido? Secondo me, dev'essere uno squilibrato...»

«Ma perché lasciare i corpi delle vittime nella reggia? Se davvero abbiamo a che fare con uno squilibrato, forse allora cerca di riprodurre degli avvenimenti, magari che si sono svolti secoli fa. Lei è una profonda conoscitrice della storia della reggia, non ha mai sentito parlare di giovani donne uccise dalla stessa persona? Una specie di Jack lo Squartatore della corte di Francia?»

«No, commissario, mai. Questo però non significa che all'epoca non vi fossero omicidi. Anzi, forse ne accadevano anche più di oggi perché la polizia aveva meno mezzi. Però avvenivano in modo diverso, non ho mai sentito nulla di simile a quanto accaduto in questi giorni. E poi ne erano vittime tanto gli uomini quanto le donne, e i cadaveri non erano certo posti di proposito in bella vista nel palazzo reale. Oh, sapesse, alla corte ce n'erano di assassini, eccome! Solo agivano in maniera più discreta...»

«La stampa ha parlato di 'giochi di intrighi e veleni a Corte nel ventunesimo secolo', tirando in ballo anche un certo 'affare dei veleni'. Lei saprebbe spiegarmi di che cosa si tratta?»

«Il cosiddetto 'affare dei veleni' è scoppiato sotto il regno di Luigi XIV e vi risultarono coinvolte personalità di spicco della corte, fra cui la favorita stessa del re, madame de Montespan. Il sovrano aveva nominato una commissione speciale, chiamata 'camera ardente', perché indagasse sulle morti misteriose e spesso premature che flagellavano la corte. Le indagini riportarono a galla una realtà a dir poco abominevole...»

Beaumont le fece un cenno con la testa per incoraggiarla a proseguire.

«Si è scoperto che a Versailles tutti avvelenavano tutti: i nipoti per mettere le mani sui patrimoni di zii che non si decidevano a morire, le mogli per sbarazzarsi di mariti troppo ingombranti, di amanti troppo esigenti o delle rivali. I metodi escogitati erano tanto ingegnosi quanto variegati: polverine da mescolare a cibi e bevande, o per avvelenare abiti, guanti, profumi... Quello scandalo rivelò le nefandezze che chi viveva a corte nascondeva sotto nastri e merletti. I titoli altisonanti e i ranghi elevati celavano una mostruosità davvero sconfinata. Non si fermavano davanti a nulla pur di fare i propri interessi, nemmeno davanti al più efferato dei delitti: l'omicidio di un bambino...»

Marie aveva abbassato lo sguardo. La profonda sensibilità le faceva riprovare ogni emozione, anche quelle vecchie di quattrocento anni.

«Gli avvelenatori si rivolgevano a streghe o esperti di magia nera. Personaggi sinistri che promettevano loro l'aiuto del principe delle tenebre in cambio di bei soldoni. La cosa peggiore però è che presiedevano a messe nere durante le quali un neonato era offerto in sacrificio a Satana per ottenere ciò che si desiderava. Quando lo scandalo scoppiò risultarono coinvolti i maggiori nomi del regno. Per quanto potesse sembrare incredibile, erano proprio loro i più assidui clienti di streghe, stregoni e indovine. Inutile dire che ci furono numerosi roghi... Ecco, questo è l'affare dei veleni.»

Beaumont l'aveva ascoltata in silenzio.

«Non sono sicuro di cogliere il legame con il mio caso. Le vittime sono state uccise con una pistola, non con del veleno. L'assassino ha somministrato loro solo un po' di sonnifero. E poi sono unicamente giovani donne e, per di più, non abbiamo ancora trovato un movente», commentò perplesso dopo avervi riflettuto per qualche istante.

«Secondo me la stampa ha voluto fare un parallelo fra i delitti dell'epoca e quelli di oggi. Il contesto è diverso, ma si tratta di morti in serie e sullo sfondo di Versailles. I giornalisti hanno voluto ricordare il più sensazionale caso criminale dell'epoca di Luigi XIV, tutto qui. Non vedo altra spiegazione.»

«Di certo ha ragione lei. Comunque sia, dopo quello che mi ha raccontato spero sinceramente che la mia indagine mi riservi meno cadaveri e mostruosità.»

Avevano terminato anche il dolce. Il commissario pagò il conto nonostante le proteste di Marie e decisero di andare. Stavano per uscire, quando lo sguardo di Beaumont si posò per caso su un uomo e una donna seduti a un tavolo in disparte. Il commissario rimase immobile, stupefatto, con la mano che ancora stringeva la maniglia della porta.

«Che succede?» chiese Marie.

«Quello laggiù è il comandante Massart, un mio collaboratore. Ed è in compagnia di una donna.»

«E con questo? Non è mica illegale!» esclamò la ragazza ridendo. «A meno che il suo collega non sia sposato e quella non sia la signora Massart, è ovvio!»

«Non c'è una signora Massart. E, che io sappia, non c'è nemmeno mai stata una donna passibile di diventarlo. Il comandante è uno scapolo incallito. Ed è per questo che sono così stupito. È la prima volta che lo vedo in compagnia femminile. Mettiamola così: di solito non sembra andare pazzo per l'altro sesso...»

«Vuol dire che è...?» alluse Marie arrossendo.

«Ammetto di essermelo chiesto anch'io. Ma dopotutto non sono fatti miei. Venga, Marie, andiamo. È inutile disturbarli.»

«Troppo tardi, l'ha vista.»

Beaumont girò la testa e incrociò lo sguardo di Massart, e perciò non poté far altro che salutarlo.

«Buonasera, Massart. Aveva voglia di mangiare italiano?» buttò lì giusto per dire qualcosa.

«Buonasera, commissario.»

Il comandante aveva l'aria di chi si sentiva decisamente a disagio.

«Io... Avevo bisogno di distendermi un po' dopo il lavoro...»

«Ma non c'è niente di male. Le presento Marie Berger», aggiunse Beaumont indicandola, «lavora alla reggia di Versailles.»

Il comandante le fece un gesto di saluto poi, a malincuore, presentò loro la giovane donna che cenava con lui.

«Commissario, le presento Angélique Portal, un'amica. Angélique, questo è il mio capo, il commissario Beaumont», disse con tono laconico.

Mentre le stringeva la mano, Beaumont la osservò con discrezione. Fisico slanciato, grandi occhi azzurri, folti capelli biondi e un bel visino d'angelo. Però, penso tra sé, Massart ha proprio gusto! Direi che questa cena dovrebbe guarirlo dalla sua leggendaria misoginia!

«Bene, Massart, allora vi lasciamo proseguire in pace. Ci si vede domani in ufficio!» salutò uscendo.

Al volante, mentre riaccompagnava Marie a casa, il commissario non riuscì a trattenere una risata.

«Ancora non ci credo. Le ragazze in ufficio ne saranno felici. Questa è la prova che Massart non è davvero allergico al gentil sesso! Sa, Marie, sarò sciocco, ma il mio collaboratore è davvero l'ultimo uomo al mondo che mi aspettavo di trovare nel bel mezzo di una cenetta a lume di candela!»

«Axel, il mondo non è o bianco o nero. Le persone si adattano alle situazioni, tutto qua. Forse finora il suo collaboratore non aveva ancora incontrato la persona giusta.»

Erano giunti davanti al palazzo in cui abitava Marie. La ragazza aprì la portiera e si girò verso Beaumont.

«Capita che le emozioni modifichino radicalmente il comportamento di una persona... Vede, io, per esempio, sono piuttosto timida... Eppure...»

Si chinò verso di lui senza terminare la frase e gli

posò sulle labbra un bacio così leggero che a Beaumont parve la carezza di una farfalla. Poi si ritrasse così velocemente che il commissario si chiese se non avesse sognato.

«Grazie per la deliziosa serata, Axel...» disse in un soffio.

E prima che avesse il tempo di risponderle, era già sparita nell'ingresso del palazzo.

Il mattino seguente Beaumont stava sorseggiando il caffè, quando il comandante Massart fece il suo ingresso nell'ufficio.

«Buongiorno, commissario. Il signor Evrard ha appena chiamato e ha parlato con me perché la sua linea era occupata. Mi ha avvertito che il sistema di allarme potenziato della reggia sarà attivato questa sera. Il numero di guardiani è stato raddoppiato, come aveva chiesto lei, e ovviamente le chiede di fare quanto è in suo potere per accordargli anche degli agenti.»

«Bene. Se ne occupi lei. Mandi qualcuno dei nostri laggiù al più presto. Notizie di José?»

«No, nessuna. Gli ho fatto leggere la lista dei frequentatori del bowling ma purtroppo non ha saputo indicarmi nessun nominativo. Comunque sia, cercherà di rintracciare il braccialetto d'oro rubato dalla sacca in cui si trovavano le chiavi.»

Beaumont annuì in silenzio cercando di celare il proprio disappunto. Non riusciva a sopportare quel continuo girare in tondo. Ogni giorno che passava senza risultati era un giorno in più in cui rischiare, nel migliore dei casi, gli strali del commissario di divisione, oppure, al contrario, di rinvenire un altro cadavere.

«Bene così, Massart, la ringrazio.»

Osservò il comandante di sottecchi. Non aveva accennato all'incontro del giorno precedente. Chi non lo conosceva avrebbe anche potuto credere che avesse dimenticato l'accaduto, tuttavia Beaumont avrebbe invece giurato di cogliere un lieve disagio celato sotto l'apparenza di impassibilità. All'improvviso il telefono prese a squillare. Beaumont alzò gli occhi al cielo. Chi era questa volta? Maurel? Il giudice istruttore? Chi gli avrebbe fatto le ennesime pressioni perché risolvesse il caso al più presto, come se lui non fosse cosciente dell'urgenza della situazione? Sollevò la cornetta con un sospiro.

«Qui è il commissario Beaumont.»

«Commissario, sono José. Ho delle novità per lei! E spero che saprà dimostrarmi la sua riconoscenza!»

«Prima molla le informazioni, e poi deciderò quanto valgono», replicò calmo.

«Valgono tanto oro quanto pesano, commissario!» rincarò l'informatore. «Ho rintracciato il braccialetto d'oro che cercavate!»

Beaumont drizzò le orecchie.

«Davvero? E come hai fatto?»

«Sapevo che le sarebbe interessato! Il comandante mi ha fatto vedere la lista, ma non conoscevo nessuno. Anch'io però ho le mie... conoscenze. Per farla breve, già che c'ero ho chiesto in giro se qualcuno aveva sentito parlare di un braccialetto come quello che mi aveva descritto e, alla fine, tombola! L'ho trovato! Un tipo voleva farlo fondere sottobanco da un gioielliere mio amico. Lui però non ha accettato perché i piedipiatti lo tengono d'occhio e allora fa il bravo, però conosce bene questo tipo perché avevano già fatto affari insieme.»

«E come si chiama?»

«Ancora un secondo, commissario. Prima mi deve promettere di non fare più domande al riguardo. Non ci tengo a essere preso di mira, né io né il mio amico gioielliere. Allora io le faccio il nome del tipo e la chiudiamo qui, ok?»

Beaumont ci rifletté su per qualche secondo.

«Affare fatto, José. Adesso ho per le mani cose ben più urgenti che star dietro a un paio di ricettatori. Però ti do un consiglio: di' al tuo amico che se continua così, rischia grosso. E adesso fuori il nome.»

«Dalmon. Jean-Luc Dalmon. Non so dove abita.»

«A questo ci pensiamo noi. Spero che sia la pista buona. Mi sei stato prezioso, José.»

«Sempre a disposizione, commissario.»

Beaumont riagganciò e si girò verso Massart.

«Cerchi subito tutto quello che riesce a trovare su un certo Jean-Luc Dalmon. Io intanto chiamo il giudice istruttore.»

Jean-Luc Dalmon abitava nella periferia sud di Parigi, in una casetta piuttosto misera. Beaumont e Massart scesero dall'auto e si diressero verso la porta d'entrata, mentre i due agenti che li accompagnavano controllavano i dintorni. Il commissario era perplesso: aveva suonato il campanello per tre volte, ma nessuno era venuto ad aprire.

«Non c'è nessuno. Strano. Da quanto abbiamo scoperto è disoccupato, perciò a quest'ora dovrebbe essere a casa.»

«A meno che non abbia le sue ottime ragioni per nascondersi», obiettò il comandante.

Si avvicinarono alle finestre e guardarono dentro.

«Non vedo nessuno, la casa è deserta.»

All'improvviso delle voci provenienti dalla strada attirarono la loro attenzione. Si girarono e videro i due agenti che venivano verso di loro scortando un individuo bianco come un cencio.

«Capo, guardi qui chi abbiamo beccato. Cercava di svignarsela dalla porta sul retro.»

«Bel lavoro, Robert.»

Beaumont si avvicinò all'uomo, che i due agenti continuavano a tenere ben stretto.

«Lei è Jean-Luc Dalmon?»

Quello gli lanciò uno sguardo furioso.

«Non sono fatti suoi!» ringhiò.

«Le consiglio di usare un altro tono», lo rimbrottò il commissario con freddezza. «Ho delle domande da porle e una commissione rogatoria che mi autorizza a farlo. Glielo chiedo un'altra volta: è o non è Jean-Luc Dalmon?»

«Sì, sono io. Contento adesso? Che cosa vuole?»

«Penso che lo sappia benissimo. Deve seguirci per essere interrogato. Forza, fatelo salire», aggiunse rivolto ai suoi uomini.

«Non ne avete il diritto! Voglio il mio avvocato!»

Beaumont si voltò e lo gelò con lo sguardo.

«Sa, signor Dalmon, credo anch'io che molto probabilmente ne avrà bisogno».

* * *

Due ore più tardi il commissario di divisione Maurel piombò nell'ufficio di Beaumont.

«È vero quello che si dice? Ha fermato un sospetto?»

«Calma, signor commissario. Per ora sto interrogando l'uomo che ha rubato la sacca di uno dei conservatori della reggia in cui c'erano anche le chiavi dei cancelli. L'abbiamo identificato grazie a un braccialetto d'oro, anche quello contenuto nella sacca, che ha cercato di rivendere.»

Maurel si sfregò le mani.

«Ottimo lavoro, Beaumont. Se lo interroga a dovere vedrà che confessa, o almeno spero. E così potremo chiudere l'indagine e tutti saranno contenti!»

Beaumont non poté evitare di osservare il superiore con un pizzico di sarcasmo. I bruschi cambiamenti d'umore di Maurel stavano ormai divenendo famosi quasi quanto le scenate con la moglie. Quella mattina quasi non l'aveva salutato e ora eccolo, tutto gentile e cerimonioso perché convinto che avesse già messo le mani sull'assassino.

«Non abbiamo ancora prove che Dalmon sia l'autore dei delitti. Il giudice mi ha concesso l'autorizzazione al fermo solo perché l'aver rubato il braccialetto implica che abbia trovato anche il mazzo di chiavi. E, dato che siamo praticamente certi che l'assassino sia riuscito in qualche modo a procurarsele... Dalmon però rimane solo un sospettato.»

Maurel si accigliò.

«Dov'è ora?»

«Massart lo sta interrogando. Ho cercato anch'io di farlo cantare, ma diciamo che non era disposto a cooperare. Magari il comandante saprà fare meglio. Comunque fra poco ci torno.»

«Bene. E cerchi di riuscire a farlo parlare. In fin dei conti non si è ritrovato in mano quelle chiavi per caso!» replicò asciutto Maurel.

«Lo penso anch'io. E non intendo lasciarlo andare finché non mi avrà dato spiegazioni.»

Beaumont aprì la porta della stanza degli interrogatori e fece segno a Massart di uscire. Il comandante aveva un'aria piuttosto scoraggiata.

«Niente da fare, commissario. Continua a negare. Giura di non aver mai visto il braccialetto e tanto meno di aver mai rubato la sacca di Robier. Insiste sul fatto che non abbiamo nessuna prova materiale contro di lui, e purtroppo ha ragione. E se il gioielliere avesse mentito? Se non troviamo qualcosa ci toccherà rilasciarlo entro quarantotto ore.»

«Ci torno io e, mi creda: se sa qualcosa, questa volta sputerà il rospo», affermò Beaumont risoluto.

Entrò dunque nella sala con passo deciso e si chiuse la porta alle spalle. Jean-Luc Dalmon lo guardò avvicinarsi con un'espressione di scherno.

«Già di ritorno, signor commissario? Si è riposato così adesso può tornare all'attacco? Ma quand'è che capirete che non so un bel niente?»

«Fossi in te starei attento, Dalmon. Sappiamo che avevi il braccialetto d'oro, e con quello sono stati rubati dei soldi, documenti e un mazzo di chiavi.»

«Un conto è saperlo, commissario, e un conto è provarlo...» disse Dalmon lanciandogli un'occhiata ironica.

Beaumont appoggiò le mani sul tavolo e si piegò verso di lui.

«E se facessi perquisire casa tua? Sei davvero sicuro che non ci troveremmo il braccialetto? O magari qualcos'altro che apparteneva a Laurent Robier? Il portafoglio, per esempio, o la carta di credito? Oppure potrei far venire il proprietario del bowling, che ne dici? Magari si ricorda di averti visto lì quella sera...»

Il lampo di timore che illuminò lo sguardo di Dalmon diede al commissario la certezza di trovarsi sulla strada giusta. Il pesce aveva abboccato, doveva solo riavvolgere la lenza.

«Se riesco a dimostrare che sei stato tu a rubare quella sacca, sarai condannato ma, vista la tua fedina penale, immagino saprai già come vanno le cose. Quello che non sai è che c'è in ballo anche qualcosa di molto più grave. Allora, adesso la senti la spada di Damocle che ti pende sopra la testa?»

Dalmon tacque. Pochi secondi erano bastati a far dileguare tutta la sua arroganza. Il commissario notò persino alcune gocce di sudore che gli imperlavano le tempie.

«Pensa un po': sto dando la caccia a un assassino», proseguì. «Qualcuno ha ucciso due donne e le ha poi abbandonate all'interno della reggia di Versailles. Ne avrai sentito parlare, no? Bene, allora aggiungo che ci siamo accorti che questo criminale è in possesso delle chiavi dei cancelli del castello, cosa che gli ha permesso di fare i suoi comodi indisturbato. Adesso perché non provi a indovinare cosa c'era nella sacca che sospettiamo tu abbia rubato? Esatto: un mazzo di chiavi dei cancelli del palazzo... Strana coincidenza, non credi? Per chi ha rubato la sacca sarebbe stato un gioco da ragazzi farne fare una copia e poi servirsene per i delitti. Quindi rischi ben più di qualche mese di galera. Un'accusa di omicidio o di borseggio, la capisci la differenza?»

Dalmon era rimasto immobile e in silenzio, ma il viso impallidito e il nervosismo con cui si torceva le mani persuasero Beaumont che avrebbe confessato. Trascorsero alcuni lunghi minuti, poi l'uomo alzò la testa.

«Va bene, commissario, ha vinto. Sono pronto a dire tutto quello che so... però spero terrete conto della mia buona fede!»

«Finalmente ti sei deciso! Lo sapevo che sei un tipo ragionevole. Allora, cosa sai dirmi sul braccialetto?»

«Ce l'ho io. Ho rubato la sacca di Robier perché è ricco sfondato e speravo di trovarci un po' di grana. Non c'è altro! Me ne sono infischiato delle chiavi e non c'entro niente con gli omicidi! Non ho intenzione di pagare io per un altro!»

Un dettaglio in particolare aveva attirato l'attenzione di Beaumont.

«Perché dici che Robier è ricco sfondato? Quando l'hai derubato sapevi già chi era?»

«Ma no, è che...»

S'interruppe bruscamente.

«Tu forse no, ma qualcun altro sì, è questo che stavi per dire?» concluse Beaumont. «Non eri solo, vero?»

Dalmon abbassò la testa e la scosse.

«Chi c'era con te?»

«Un amico...» rispose esitante.

«Un amico che conosceva Laurent Robier e che sapeva che lavorava a Versailles?»

Dalmon annuì faticosamente, come se si trovasse sotto tortura. Beaumont, invece, seguiva il filo vorticoso dei propri ragionamenti.

«E non sarà forse a questo amico che ti riferisci quando dici che non hai intenzione di pagare per un altro?»

Dinanzi al muro di silenzio dell'interrogato il commissario si scaldò e batté un pugno sul tavolo.

«Rispondi, accidenti! O ti faccio sbattere dentro per i prossimi vent'anni per complicità in omicidio!»

«Io non ne so niente! Non so se è stato lui! So solo che mentre mi prendevo braccialetto e soldi lui frugava nella sacca. Poi ci siamo divisi la grana e lui si è portato via la sacca dicendo che voleva buttarla da qualche parte per strada...» rispose Dalmon con una voce più simile a un gemito.

«Quindi niente avrebbe impedito a questo tuo amico di fermarsi e fare una copia delle chiavi. Sapeva che gli sarebbero servite per entrare a Versailles e ha potuto realizzare i suoi macabri progetti indisturbato.»

«Ma io che ne so! Glielo giuro, deve credermi! Io volevo solo la grana! Lui però sapeva di questa storia degli omicidi... Mi ha telefonato per dirmi di stare attento e di non vendere il braccialetto altrimenti mi avrebbero beccato. Io però non ho ucciso nessuno! E non ho intenzione di andarci di mezzo per chi l'ha fatto!»

Beaumont si allungò nuovamente verso di lui e lo fissò dritto negli occhi.

«Il nome del tuo amico, Dalmon.»

L'uomo esitò, girò lo sguardo in tutte le direzioni come un animale preso in trappola.

«Il nome!»

Dalmon sussultò e riabbassò la testa.

«Dupin. Christophe Dupin.»

Era l'8 maggio 1664. La reggia di Versailles e il suo magnifico parco rifulgevano di luce, mentre i fuochi artificiali illuminavano la notte. La festa, giustamente intitolata «I piaceri dell'isola incantata», era al culmine. Sotto un'immensa tenda montata nel boschetto della sala da ballo un esercito di valletti in livrea scarlatta si affaccendava intorno a enormi tavolate su cui facevano bella mostra di sé ogni sorta di meraviglie, piacevoli tanto alla vista quanto al palato: sorbetti di svariati gusti, serviti in cigni di ghiaccio, e piramidi di frutta contendevano il posto a dolci e paste sapientemente impilati, mentre leccornie originali e raffinate come brioche servite ancora calde e ripiene di foie gras, aggiungevano qua e là un tocco colorato alle tovaglie bianche. Un altro largo tavolo ospitava invece della cacciagione, fra cui un superbo fagiano, tagliato e poi ricomposto dai cuochi, sulle cui ali spiegate poggiava il piatto d'argento da cui servirsi dei pezzi più prelibati, da accompagnare con un assortimento di verdure provenienti principalmente dall'orto di sua maestà, divisi per varietà e sistemati con cura proprio lì di fronte. Ai quattro angoli della tenda gli invitati potevano servirsi di vini e liquori disposti su piccoli guéridon d'ebano. L'anima del buffet, tuttavia, era senz'ombra di dubbio la gigantesca fontana di cristallo, sormontata da un sole in oro massiccio e addobbata con rose fiammeggianti, da cui zampillava senza sosta dello champagne frizzante e dorato. I cuochi reali avevano proprio superato se stessi. All'esterno la festa cambiava nome, divenendo così «la musica del re», e violini, oboe e molti altri strumenti diffondevano armoniosi le note delle opere di Lulli. Torce sistemate un po' ovunque nel boschetto riempivano l'oscurità di luce. Dinanzi alla tenda era stato approntato un palco su cui ballerine e ballerini in ricercati abiti colorati si muovevano con grazia. Qualche ora prima, da quello stesso palco, Molière e la sua compagnia di attori avevano allietato gli ospiti portando in scena La scuola delle mogli. *La folla di cortigiani passava estasiata dal buffet al giardino fra gridolini di meraviglia, con gli occhi che scintillavano estatici e nel cuore la speranza segreta di potersi avvicinare al dio cui dovevano queste meraviglie, all'idolo, il sommo re Luigi XIV, che sorrideva seduto su di un grandioso trono d'oro accanto alla sua sposa, la regina Maria Teresa, e con la mano poggiata su un bastone dal pomello d'ebano. L'abito in broccato d'oro e tempestato di diamanti accentuava la sua naturale regalità. L'imponente acconciatura lo faceva più alto di una testa. Lo sguardo bruno, al contempo dolce e risoluto, si posava benevolo su quella cerchia di privilegiati composta da duchi e marchesi di alto li-*

gnaggio e dame «con diritto allo sgabello». All'improvviso gli strumenti tacquero. Era giunto il momento di aprire le danze. Il re si alzò e, dopo essersi inchinato dinanzi alla regina, si diresse verso il variopinto gruppo delle dame di corte, fra cui avrebbe scelto colei cui concedere l'immenso onore del primo ballo. I cortigiani s'inchinarono con rispettosa reverenza al passaggio del sovrano che, sorridente, attraversava con passo sicuro le due ali che avevano formato, mentre i fuochi d'artificio squarciavano luminosi il buio vellutato del cielo.

Due occhi fissavano la scena senza perderne nemmeno un secondo. Luigi XIV, sempre sorridente, tese la mano a un'affascinante e bellissima marchesa dagli occhi pervinca e, sotto lo sguardo ammirato della folla agghindata, i due eseguirono le prime figure di un minuetto. Nell'ombra una voce mormorava. «Presto... Presto...»

Il mattino seguente il commissario Beaumont si svegliò con una sensazione di compiacimento, quasi la certezza che l'inchiesta si sarebbe conclusa molto presto. Era infatti stato emesso un mandato di cattura nei confronti di Christophe Dupin. La relazione avuta con Louise Salvi gli aveva permesso di conoscere Laurent Robier e sapere che lavoro facesse, e il commissario non credeva certo che avesse deciso di derubarlo per caso. Anzi, era convinto che si trattasse di un pazzo squilibrato che preparava quei delitti già da qualche tempo e, con in mano le chiavi del castello, aveva finalmente potuto tradurli in realtà. Beaumont si era recato di persona a casa sua con la propria squadra per interrogarlo ma, neanche a dirlo, non avevano trovato nessuno. Con ogni probabilità aveva scoperto che il complice era stato fermato e, ben sapendo che il prossimo sarebbe stato lui, aveva deciso di tagliare la corda. Il commissario comunque non aveva avuto difficoltà a ottenere dal giudice istruttore l'autorizzazione per mettere la casa sotto sorveglianza: gli sarebbero stati alle calcagna, senza dargli un attimo di respiro, e alla fine l'avrebbero acciuffato. Era solo questione di tempo. Beaumont si stiracchiò e, dopo una veloce sistemata, andò in ufficio. Per strada si fermò ad acquistare due croissant ancora caldi e li divorò con gusto. Si sentiva pervaso di ottimismo e già si vedeva a festeggiare la cattura di Dupin portando Marie a cena in un ristorantino romantico. Marie... Il solo pensarla gli faceva battere il cuore come un adolescente innamorato. Non l'aveva più rivista dalla cena di due sere prima e aspettava con impazienza l'occasione per chiamarla.

Arrivato in ufficio, accese subito il computer e controllò la posta elettronica. Si era seduto da non più di un quarto d'ora, quando il telefono prese a squillare.

«Pronto? Sono il commissario Beaumont.»

«Commissario, sono Evrard.»

«Buongiorno, come sta?»

Vi fu un lungo silenzio e Beaumont aggrottò la fronte.

«Signor Evrard, tutto bene?»

«Io... Oh, signor commissario, è terribile... Ho voluto chiamarla io stesso per dirle che... oh, mio dio... È orribile.»

«Evrard, ma si spieghi. Cosa è orribile?» lo spronò Beaumont prostrato.

«Ecco... Mio dio, non so come dirglielo. La ragazza che...»

«Quale ragazza?» chiese il commissario preoccupato.

Vi fu un altro lungo silenzio. Questa volta anche Beaumont tacque. Temeva di conoscere la risposta.

«È terribile...» ripeté Evrard con voce tremante. «L'assassino... Ha ricominciato. Questa mattina davanti al Trianon abbiamo rinvenuto il cadavere di un'altra ragazza con un foro di proiettile in piena fronte.»

6

Quella notte aveva piovuto e il parco di Versailles aveva gli odori della campagna. Beaumont e Massart girarono intorno alla reggia e scesero la grande scalinata per raggiungere direttamente i giardini. Superarono con passo deciso le grandiose fontane e si fermarono un istante davanti alla vasca di Latona. Massart aprì la mappa che teneva in mano per esaminarla.

«Dobbiamo risalire il viale du Tapis Vert sino alla fontana di Apollo, e poi camminare lungo il Grand Canal e girare a destra, imboccando un viale che ci condurrà direttamente al Trianon.»

Beaumont non rispose. Aveva lo sguardo assente e fissava la fontana. Vi si poteva vedere Latona, con ai piedi i figli Diana e Apollo, nell'atto di implorare Giove affinché la vendicasse dei contadini della Licia che l'avevano derisa. Questi ultimi furono tramutati in batraci, sistemati sui tre gradini che formavano la fontana. A cena Marie gli aveva spiegato che Latona simboleggiava Anna d'Austria. La regina proteggeva il figlio Luigi XIV, trasfigurato in Apollo, contro i frondisti, a loro volta rappresentati dai batraci. Ma il commissario guardava le statue senza vederle veramente. Era ancora scioccato dalla notizia. E dire che la giornata era cominciata bene: si era svegliato pieno di ottimismo, convinto che Dupin sarebbe presto stato arrestato e le indagini terminate. Ma, appena giunto in ufficio, ecco che gli dicevano che era stato ritrovato un altro cadavere! La telefonata di Evrard aveva avuto su di lui l'effetto di una doccia fredda. Quella storia gli aveva quanto meno insegnato una valida lezione: che non bisogna vendere la pelle dell'orso prima di averlo ucciso. Fu proprio nel momento in cui aveva creduto di colpire nel segno che aveva compreso quanto la questione era ben lungi dall'essere risolta. Mentre risaliva il Grand Canal accanto al proprio assistente, era assalito da oscuri pensieri. Al termine della conversazione con Evrard aveva subito inviato i propri uomini alla reggia. Aveva poi brevemente informato l'ispettore Maurel e aveva a sua volta lasciato l'ufficio in compagnia di Massart. Maurel non aveva avuto il tempo di assalirlo, ma il commissario sapeva che l'avrebbe atteso al varco. Lasciò vagare lo sguardo per il parco. Da una parte all'altra del canale vi erano boschetti composti da diverse varietà di alberi come querce, frassini, faggi e ciliegi, e delimitati da grandi viali. Al termine gli edifici della piccola Venezia rievocavano le gondole, le imbarcazioni e le galee in miniatura che costituivano la flottiglia, e che un tempo servivano per le passeggiate del re e della corte, o semplicemente per le feste in acqua. Girarono verso destra e seguirono il braccio trasversale del canale che, in passato, collegava il serraglio, attualmente distrutto, al Trianon. Trianon era il nome di un villaggio conquistato, in seguito distrutto, da Luigi XIV allo scopo di costruire un'abitazione dove potere evadere con la famiglia il cerimoniale troppo rigido di Versailles. Da allora quel luogo era divenuto sinonimo di serenità e riposo lontano dall'etichetta e dalle restrizioni del potere. Il primo castello di Trianon fu eretto nel 1670 da Le Vau. Le mura erano ornate di maioliche cinesi bianche e blu, particolare che gli valse il soprannome di «Trianon di porcellana». Luigi XIV l'aveva dedicato all'amante del momento, madame de Montespan. Fu poi distrutto nel 1687 e al suo posto fu eretto un piccolo palazzo di marmo e di porfido circondato da deliziosi giardini, il «Trianon di marmo». Nel 1768 si concluse la costruzione di un nuovo castello, «il piccolo Trianon», voluto dal re Luigi XV per madame de Pompadour, la propria favorita. Successivamente fu la regina Maria Antonietta ad apporvi il proprio marchio. Luigi XVI glielo offrì sin dalla sua ascesa al trono e, ogni anno, lei vi trascorreva buona parte della bella stagione, scatenando grande indignazione nella corte, che riteneva che la regina dimenticasse con troppa facilità i propri doveri.

Dopo avere camminato per un po', Beaumont e Massart arrivarono davanti agli appartamenti della regina e le sue dépendance: il mulino, il boudoir, la colombaia, la casa del custode, sempre abitata da un giardiniere della tenuta.

Mentre si avvicinavano, scorsero un assembramento di persone. Gli uomini inviati da Beaumont erano là, come pure Evrard, Monturo e la scientifica, intenta a lavorare. Notò anche Mégane, inginocchiata vicino alla gradinata esterna; il suo corpo copriva in parte quella che Beaumont immaginò essere l'ultima vittima. Si avvicinò e le posò la mano sulla spalla.

«Oh, buongiorno, Axel», esclamò la donna sollevando il capo, «sta diventando un'abitudine quella di incontrarci qui, eh?»

Il commissario non rispose e s'inginocchiò a sua volta vicino al cadavere. Era una donna sulla trentina, con lunghi capelli biondi e grandi occhi azzurri, proprio come Louise Salvi. E, proprio come a Louise, le avevano sparato un solo colpo in mezzo alla fronte, ma in più le avevano strappato alcune ciocche di capelli. Beaumont distolse lo sguardo.

«Si sa già chi è?»

«I colleghi hanno esaminato la sua borsetta e hanno trovato del denaro contante, circa ottanta euro, e anche i documenti. Si chiama Anaïs Charenton. Sposata e madre di tre figli.»

«Mio Dio...» mormorò Beaumont.

Si rialzò e si diresse verso il responsabile della scientifica, intento a parlare con Evrard.

«Buongiorno, André. Qualcosa di particolare da segnalare?»

«Stiamo passando tutto quanto al setaccio come al solito ma, a prima vista, siamo di fronte allo stesso scenario delle volte precedenti. A eccezione di una cosa, però...»

«Quale sarebbe?»

«Ecco, come per il secondo omicidio, la mia squadra ha avuto un bel cercare dappertutto, ma non abbiamo trovato il bossolo. L'ultima volta non l'ho ritenuto molto rilevante, ma oggi mi sono reso conto che il cadavere è raggomitolato in modo strano. Oltre a ciò, dato che questa notte ha piovuto, abbiamo rilevato alcune tracce di pneumatico per terra...»

Beaumont ascoltò perplesso. Le stesse tracce rinvenute accanto al cadavere di Marie Métivier, la prima vittima.

«Tutto ciò mi induce a pensare che la vittima sia stata uccisa da un'altra parte e in seguito trasportata qui», concluse il responsabile.

Beaumont si voltò verso il capo della sicurezza.

«Signor Monturo, a che ora i suoi guardiani hanno ispezionato quest'area per l'ultima volta ieri sera?»

Olivier Monturo rifletté un istante. Pareva sulle spine, ed era evidente che si sentiva responsabile di quel nuovo assassinio, dal momento che aveva ricevuto l'ordine di intensificare la sorveglianza nella reggia e nel parco.

«Alle otto circa. Avevo mandato una squadra di ronda per tutto il parco e non hanno segnalato nulla di anomalo. Lei mi capisce, se non ho lasciato guardie permanenti al Trianon è perché pensavo che... Dopotutto gli omicidi avevano sempre avuto luogo nelle immediate vicinanze della reggia di Versailles... Non avrei creduto... E poi laggiù c'è la vecchia casa del custode, dove oggi abita uno dei giardinieri. Non c'è che dire, al nostro assassino piace rischiare...»

«E invece avrebbe dovuto pensaci!» urlò Evrard furioso. «Lei è pagato per garantire la sicurezza di questo castello, a maggior ragione quando c'è un assassino a piede libero con il pallino di abbandonarvi cadaveri!»

Monturo abbassò confuso la testa senza rispondere.

«Dov'è questo giardiniere? È stato interrogato?» s'informò Beaumont.

«Eccomi, signor commissario. Sono io.»

Beaumont si volse e vide un ometto scuro con grandi baffi.

«Questa notte ha visto o sentito qualcosa di strano?» domandò.

«Assolutamente no. Chi ha deposto qui questa povera donna deve averlo fatto nel bel mezzo della notte e facendo la massima attenzione perché non sono stato svegliato da nessun rumore.»

«A ogni modo, è molto probabile che l'omicidio non sia stato commesso qui», intervenne Mégane. «Il corpo è stato spostato. La donna è stata deposta qui quando era già morta, ne sono quasi certa. Il signor Monturo sostiene che, alle otto, non c'era nulla di anomalo. A prima vista, stimerei che la morte sia sopraggiunta leggermente prima, all'incirca alle diciotto di ieri. Ovviamente lo confermerò dopo avere eseguito esami più specifici, ma non credo di sbagliarmi.»

«In ogni caso è inammissibile!» ripeté Evrard adirato. «Avevamo intensificato la sorveglianza proprio per evitare che si ripetesse un simile incidente. E nonostante tutto l'assassino è riuscito a colpire di nuovo!»

Beaumont si accarezzava pensieroso il mento. La vittima era stata lasciata all'esterno della reggia, quindi l'allarme si era rivelato inutile. Tuttavia l'omicida aveva dovuto attraversare il parco per trasportare il corpo fin là e le squadre di sorveglianza erano sul posto. Ciò significava rischiare di essere visto. A meno che... l'assassino non conoscesse i luoghi tanto quanto bastava per non essere scoperto. Christophe Dupin era venuto spesso al castello quando frequentava Louise Salvi?

Il commissario si voltò verso il direttore.

«Signor Evrard, sono desolato, ma chiederò la chiusura della reggia fino a nuovo ordine. Con tutto quello che accade qui, non possiamo permetterci di far correre il minimo rischio al pubblico.»

«E... per quanto tempo?»

«Non molto, spero. Abbiamo identificato un sospetto e stiamo per acciuffarlo, è questione di ore. A proposito, non aveva parlato di far cambiare le serrature?»

«Ne ho discusso con il consiglio di amministrazione e si è deciso di farlo entro la prossima settimana.»

Beaumont si rivolse a Olivier Monturo.

«Voglio un uomo davanti a ogni porta, ogni cancello, ogni via di accesso, qualunque essa sia. Nessun estraneo dovrà entrare senza venire immediatamente individuato. Metta anche qualche guardia in tutti i viali del parco!» ordinò a denti stretti.

Poi si girò sui tacchi e raggiunse il comandante Massart.

«Dobbiamo raddoppiare gli sforzi per ritrovare Dupin! Lo sa anche lei cosa ci piomberà addosso...»

Una squadra di agenti stava sollevando il corpo per portarlo in obitorio. Mégane si avvicinò e osservò da vicino.

«Sono dispiaciuta per te, Axel... Questo psicopatico non ti lascia un attimo di respiro...» sussurrò con dolcezza.

«Non sono più così sicuro che si tratti di uno psicopatico. Il fatto che si sia ripetuto proprio quando il palazzo era sotto stretta sorveglianza prova che segue un filo logico. Persegue uno scopo ben preciso, e ti giuro che scoprirò qual è!»

«Adesso però direi che è ora che ti rilassi un po'. È quasi mezzogiorno. Che ne diresti di andare a pranzare in quel ristorantino italiano che frequentavamo un tempo? Ho una voglia di un bel piatto di pasta fresca!»

Beaumont tossicchiò imbarazzato. Non aveva nessuna voglia di parlarle della propria vita privata, ma se fosse andato in quel locale con lei, non avrebbe potuto fare a meno di sentirsi sleale nei confronti di Marie. Era stupido, lo sapeva: Mégane era una buona amica e la relazione con Marie era appena agli inizi, forse non ne sarebbe nemmeno scaturito nulla di serio. Tuttavia preferiva evitare malintesi.

«Non oggi, Meg. Io... devo rientrare in ufficio. Lo sai anche tu che Maurel mi starà aspettando al varco...»

«Appunto, quindi non dovresti essere così ansioso di vederlo. Su, andiamo. Sono sicura che cambierai idea!»

«No, sul serio Meg... E poi... non ho molta fame.»

«Va bene... Come vuoi...»

Mégane non insistette oltre e si allontanò. Beaumont ebbe la sgradita impressione che non se la fosse bevuta. Be', dopotutto non aveva alcuna importanza. Purtroppo aveva altre gatte da pelare. Sospirò e si guardò intorno. Accanto al giardino all'inglese voluto da Maria Antonietta, l'ala della reggia, riservata ai capi di stato, si estendeva nella sua magnificenza. All'epoca di Luigi XIV gli occupanti erano la principessa Palatina, seconda moglie di Filippo d'Orléans, suo genero, il duca di Chartres, e sua figlia la duchessa di Borbone. Ancora una volta Beaumont si chiese che cosa potesse avere spinto l'assassino a scegliere quei luoghi. Perché correre tutti quei rischi? Stava sospirando abbattuto, quando scorse una figura che avanzava lungo il viale. Il suo cuore ebbe un sussulto nel riconoscere Marie Berger, che lo vide a sua volta e gli andò incontro.

«Buongiorno, Axel...» lo salutò con dolcezza sfiorandogli la mano. «Ho saputo cos'è successo e... ho pensato che ti avrei trovato qui... Come stai?»

«Te lo puoi immaginare!» rispose il commissario contraendo il viso in una smorfia. «Quel che è accaduto stanotte ha tirato un po' di più la corda sulla quale mi trovo a camminare da quando è cominciata questa storia...»

«Mi dispiace tanto», disse la donna stringendogli leggermente la mano. «Comunque, se hai bisogno di me, io ci sono...»

Si scambiarono un'occhiata d'intesa, dopodiché Marie ritirò la mano.

«Ora devo andare», bisbigliò prima di allontanarsi.

«Marie!»

Beaumont la raggiunse e le riprese la mano fra le proprie.

«Marie... Nei prossimi giorni rischio di essere molto occupato. A causa di questa brutta storia... Ma sappi che mi piacerebbe molto se ci rivedessimo...»

Gli occhi verdi della restauratrice si posarono sul commissario.

«Anche a me, Axel.»

«C'è un'altra cosa... Sono preoccupato per te. In questo posto si aggira un assassino che sembra preferire le belle ragazze. Promettimi di essere prudente, d'accordo?»

Un lampo di paura illuminò gli occhi di Marie. Tuttavia si sforzò di sorridere.

«Non essere ansioso, Axel, sono certa che non tarderai a risolvere l'enigma. Ho fiducia in te. Ma ti prometto lo stesso di stare attenta.»

Poi si alzò sulla punta dei piedi, gli sfiorò le labbra con un bacio e se ne andò. Il commissario tornò indietro e vide che Massart lo stava fissando. A quanto pareva non si era perso nulla della scena, ma non fece alcun commento.

«Allora, viene? Credo proprio che Maurel sia impaziente di vedermi! Lei, invece, cerchi di reperire più informazioni possibili su Anaïs Charenton. Voglio sapere se la donna è legata in qualche modo alla reggia di Versailles. Se vi conosceva qualcuno, oppure se s'interessava della storia dei re francesi. Verifichi anche se era iscritta alla stessa biblioteca di Marie

Métivier. Devo assolutamente scoprire qual è il legame che univa queste tre donne!»

Maurel misurava il proprio ufficio a grandi passi. Quando Beaumont entrò, gli fece segno di sedersi senza proferire parola. Alla fine parlò, e lo fece con tono stranamente calmo.

«Beaumont, non ho intenzione di girarci intorno. Il caso è grave. Molto grave. Come può ben immaginare, ho passato la mattina al telefono. Con il giudice istruttore, il prefetto, e persino con il direttore della polizia. Non possiamo permettere che una tale situazione continui ancora. La gente è terrorizzata e noi siamo gli zimbelli della stampa.»

Inspirò profondamente.

«Beaumont, credo che dovrò toglierle il caso.»

Basito, il commissario fissò il proprio superiore. Nonostante la gravità della situazione, non si era aspettato un provvedimento così netto.

«Commissario, io...»

«Lo so, Beaumont, lo so. Lei è pieno di buona volontà, ed è convinto che presto metterà dentro questa carogna. Ma i fatti sono altri. Tre ragazze sono morte in meno di un mese e il responsabile è ancora in libertà. Lei non è stato capace di arrestarlo dopo il primo omicidio; risultato: ha fatto altre due vittime, e di sicuro si sta preparando a colpire ancora. Lo so», proseguì, zittendolo con una mano mentre stava per protestare, «non è un mago e non è così automatico acciuffare un assassino in così poco tempo e con così pochi indizi, anche se si è un buon poliziotto. Ha tutta la mia comprensione. Ma non tutti sono concilianti come me! L'opinione pubblica non esiterà a trascinarla nel fango, perché ci vuole un capro espiatorio. Se le persone non possono prendersela con l'assassino, si avventano sul commissario di polizia che non è stato in grado di arrestarlo e, di conseguenza, diventa indirettamente responsabile dei crimini commessi. È una cosa ingiusta, ma così è.»

«Il nostro principale sospetto è stato identificato e gli ho sguinzagliato dietro i miei uomini migliori. Inoltre, sto a poco a poco ricostruendo il legame tra le vittime e la reggia di Versailles. Due dei miei hanno riaperto il caso della stazione di servizio in cui è stata utilizzata l'arma del nostro caso, arma che al momento il nostro informatore sta cercando. Presto otterremo per forza dei risultati. Tutto ciò che le domando è un po' di tempo!»

«Beaumont, ammetta una buona volta di non avere niente di davvero concreto!»

«Per il momento, commissario, per il momento. Ma non manca molto. Mi conceda il tempo di risolvere il caso! Si fidi di me. Fino a oggi non se n'è mai pentito!»

Maurel alzò gli occhi al cielo ed emise un profondo sospiro.

«Una settimana, Beaumont. Le concedo una settimana e non un giorno di più, ha capito bene? E lo faccio perché devo riconoscere che lei è un buon elemento. Però, se entro sette giorni non avrà identificato l'autore di questi crimini, le toglierò il caso, ci siamo capiti?»

«Perfettamente.»

Beaumont stava per uscire, ma ci ripensò.

«Se lei è d'accordo, avrei intenzione di ricorrere a uno psicocriminologo. Forse non porterà ad alcun risultato, ma il parere di un esperto potrebbe esserci utile. A ogni modo, non abbiamo niente da perdere se proviamo.»

«Faccia quel che le pare. Ma non si dimentichi, Beaumont. Una settimana, non di più!»

Beaumont raggiunse il proprio ufficio sforzandosi di contenere la rabbia che lo aveva assalito. Adorava il proprio mestiere, ma come esercitarlo correttamente di fronte alla testardaggine di superiori convinti che un assassino lascia il proprio biglietto da visita accanto alla vittima? Sapeva di poter ritrovare l'omicida di Versailles, però avrebbe dovuto essere libero di condurre l'inchiesta nel modo corretto. Poteva già dirsi fortunato di avere ancora il caso. Maurel gli aveva fatto chiaramente capire che gli stava facendo un favore. Una settimana! Sarebbe bastata per scoprire la verità? Consultò la posta elettronica e vi trovò gli abituali rapporti del medico legale e del laboratorio. Ancora una volta, comparivano gli stessi elementi. Presenza di sonnifero nel sangue, pallottola sparata dalla stessa MAS G1, nessun segno di violenza sessuale ma tracce di colpi assestati post mortem. Mégane confermava che la vittima era stata uccisa altrove e solo in un secondo momento trasportata alla reggia. Ciò provava che, nonostante la propria abilità, l'omicida era diffidente. Anche se aveva messo un silenziatore sull'arma, non aveva lo stesso voluto rischiare di commettere il crimine in luoghi così sorvegliati. Forse aveva timore che il giardiniere, che viveva nella casa accanto al Trianon, notasse il bagliore provocato dallo sparo... Sospirò. Il fatto che l'assassino fosse riuscito per tre volte a eludere la sorveglianza delle guardie provava che era particolarmente scaltro. Era scivolato tra le maglie della rete come un'anguilla ed era riuscito ad abbandonare i cadaveri dove voleva, senza che nessuno se ne accorgesse. A meno che non avesse un complice sul posto... E comunque Beaumont non poteva mettere sotto sorveglianza tutti gli impiegati della reggia. Ciononostante era intenzionato a tenerli tutti sott'occhio. Cominciava a esserci un po' troppo fumo perché non vi fosse un fuoco nascosto da qualche parte a Versailles!

Bussarono alla porta e il comandante Massart entrò.

«Mi sono informato su Anaïs Charenton, commissario. Aveva trentadue anni, era sposata da sette e aveva tre figli in tenera età. Il marito sostiene che non avesse alcuna frequentazione sospetta, solo qualche amica. Secondo lui non aveva rapporti con nessuno che lavorasse o che avesse lavorato alla reggia di Versailles. Inoltre, non si era mai interessata ai re di Francia, non più che ad altri capitoli della storia. Non aveva praticamente studiato, non era iscritta alla biblioteca perché non amava leggere, eccetto i romanzi rosa e, in base a ciò che ho saputo di lei, i suoi principali interessi erano la moda, le telenovele e i pettegolezzi tra amiche. Peraltro le ho incontrate le amiche in questione, tutte oche senza cervello! Insomma, senza voler mancare di rispetto alla sua memoria, Anaïs Charenton non aveva davvero nulla di eccezionale... Era pur sempre una donna, andiamo...» aggiunse in tono sprezzante.

Beaumont sollevò la testa e squadrò il suo collaboratore.

«Quella che ha appena fatto è un'osservazione particolarmente discriminatoria, Massart. Sarebbe meglio evitare questo genere di discorsi in futuro, possono solo danneggiarla».

Massart strinse le labbra e non rispose. Il commissario incrociò le braccia e lo guardò con insistenza.

«Visto che siamo in argomento, ci tengo a segnalarle che ho notato in più di un'occasione la sua ostilità verso le donne. La si potrebbe quasi sospettare di misoginia. Che cosa le hanno fatto per giustificare un tale disprezzo?»

Il comandante arrossì un poco ma non rispose.

«Lungi da me l'idea di volermi intromettere nella sua vita privata, Massart», riprese il commissario. «Vorrei solo evitare che le sue idee personali la portassero a formulare un giudizio errato nel suo lavoro. Capisce cosa voglio dire?».

«Perfettamente, commissario», rispose il comandante con tono neutro.

«Bene. L'incidente è chiuso. Ora vediamo di riassumere la situazione.»

Prese un foglio di carta e una penna e scrisse:

Marie Métivier, ventidue anni, appassionata della storia dei re di Francia, ritrovata nel boschetto della Colonnade, lividi sul collo. Louise Salvi, ventuno anni, figlia del responsabile delle installazioni idrauliche del parco di Versailles, ritrovata sull'altare della cappella, segni di graffi sulle guance. Anaïs Charenton, trentadue anni, sposata e madre di famiglia, nessun legame apparente con la reggia di Versailles, nessun interesse per la sua storia, ritrovata al Trianon, ciocche di capelli strappate dalla parte superiore del cranio.

Rilesse quanto aveva appena scritto e si mise a riflettere.

«Qualcosa non quadra con la terza vittima. Finora ero sicuro che l'assassino le scegliesse in funzione di un qualsiasi legame con la reggia di Versailles. Ma Anaïs Charenton non ne ha nessuno. Inoltre era sposata e madre di famiglia, a differenza delle altre due. Devo dedurne che l'assassino si basa su altri criteri per scegliere le vittime, o si tratterà solo di un puro caso?

Assorto nelle proprie riflessioni, Beaumont prese a scarabocchiare meccanicamente sul foglio.

«Quello che mi insospettisce sono i segni di violenza inferti post mortem», intervenne il comandante. «Dato che l'assassino aveva già sparato loro un proiettile in testa, che interesse aveva a colpirle?»

«Chi è capace di commettere dei delitti obbedisce spesso a pulsioni incontrollate. È probabile che odiasse queste donne a tal punto che non ha potuto resistere al desiderio di sfogare la sua rabbia, anche dopo averle uccise.»

«Eppure, a detta dei loro cari, nessuna aveva nemici accaniti», aggiunse Massart. «Sono sempre più convinto che quel tipo sia semplicemente pazzo!»

«Io invece ho l'impressione opposta. Non che mi raffiguri l'assassino come un modello di stabilità psicologica, ma è tutt'altro che un semplice esaltato che agisce senza riflettere. Se vuole il mio parere, persegue uno scopo. E sono certo che nulla è lasciato al caso: né la scelta dei luoghi, né quella delle vittime, né il modo in cui le tratta. Ciò che conta è scoprire le sue motivazioni.»

«Se lo dice lei, commissario.»

Massart guardò l'orologio e si alzò.

«Ora devo andare, ho un appuntamento. Ah, quasi dimenticavo: ho contattato uno psicocriminologo, come mi ha chiesto poco fa. Si tratta di Christian Jaquetti, psicologo esperto di giurisdizione penale. La polizia si è già avvalsa dei suoi servizi nell'ambito di diverse inchieste riguardanti delitti seriali. Sarà qui domani alle quattordici.»

Giunta la sera, Beaumont rincasò turbato. Aveva passato il pomeriggio a pensare e ripensare agli elementi di cui disponeva e non era riuscito a vederci più chiaro. Nonostante il consueto ottimismo, non poteva fare a meno di preoccuparsi. Come sarebbe riuscito a trovare l'assassino in una settimana se non disponeva di indizi più significativi? Cenò controvoglia e andò subito a letto. Dormì un sonno agitato, popolato di incubi. Vide Christophe Dupin che brandiva una MAS G1 in direzione di tre cadaveri dai capelli lunghi. Aveva le mani macchiate di sangue e al suo polso brillava il bracciale d'oro di Laurent Robier. Come Barbablù, dalla cintura gli pendeva un enorme mazzo di chiavi mentre intorno a lui si imponeva la magnificenza dei giardini di Versailles, con le ombre dei cortigiani di un tempo che si stagliavano nei viali. Poi all'improvviso, lo scenario cambiò. Si trovava nel suo ristorante italiano preferito, proprio quello in cui aveva cenato di recente con Marie. E infatti lei era lì. Timida e incantevole, con gli occhi verdi che brillavano come acqua di sorgente. Gli parlava dei re di Francia sorridendo. E improvvisamente cadde all'indietro, e quando si chinò su di lei, vide che aveva un foro sanguinante in mezzo alla fronte. Aveva le labbra tumefatte e non sorrideva più. La sagoma del commissario di divisione Maurel si profilava accanto a lui e urlava: «È la quarta, Beaumont! Si ricordi, le resta solo una settimana!» Accanto a lui, il comandante Massart sghignazzava dicendo: «Dopotutto, era solo una donna!»

Si svegliò di soprassalto, con la fronte madida di sudore. Raramente aveva fatto incubi così realistici. Gettò uno sguardo all'orologio e vide che erano solo le tre del mattino. Si alzò e andò a bere un bicchiere d'acqua, resistendo alla tentazione di chiamare Marie per accertarsi che stesse bene. Lo avrebbe sicuramente preso per pazzo. Si coricò di nuovo e tentò di riaddormentarsi.

Poco dopo, uno squillo risuonò nella notte. Inizialmente gli sembrò provenire da molto lontano, poi si fece sempre più insistente, perforandogli i timpani come un'invocazione d'aiuto, ma poi si rese conto che era lo squillo del telefono che veniva a svegliarlo. Brancolò nel buio per un po' prima di riuscire a trovare l'apparecchio.

«Pronto!»

«Commissario, sono Gérard. Ho una bella notizia per lei. Abbiamo appena arrestato Christophe Dupin! L'aspetta in commissariato.»

7

BEAUMONT si era precipitato in ufficio dandosi a malapena il tempo di vestirsi decentemente. Appena arrivato, vide l'uomo che gli aveva telefonato.

«Buongiorno, Gérard, e congratulazioni! Come siete riusciti ad acciuffarlo?»

«Abbiamo avuto fortuna, capo. Ricorda quella donna dai capelli rossi di cui le avevo parlato? Quella che frequentava regolarmente Dupin e che ci aveva chiesto di tenere d'occhio? Be', l'abbiamo vista uscire da casa sua con le braccia cariche di provviste. L'abbiamo seguita con discrezione fino in periferia, dove si è fermata in uno squallido magazzino abbandonato. E lì, abbiamo preso Dupin in tutta scioltezza! Ecco dove si nascondeva.»

«Bel colpo. Dov'è?»

«Nella sua cella. Ho messo in stato di fermo anche la ragazza. Ho pensato che avrebbe voluto interrogarla.»

«Ha fatto benissimo. Adesso vado subito a trovare Dupin».

Beaumont imboccò il corridoio che portava alle celle per il fermo. Appena ebbe aperto la porta, si ritrovò di fronte lo sguardo ostile di Dupin.

«Chi si rivede!» fece il commissario a mo' di saluto. «Non è carino aver cercato di piantarci in asso così, Dupin. Non è che hai qualcosa da rimproverarti?»

«Avanti, mi prenda pure in giro!» fece Dupin con odio. «Tanto, qualunque cosa dica, non servirà a niente. Mi ha condannato fin dall'inizio!»

«Togliti quell'aria da povera vittima, non ti si addice affatto», ribatté seccamente Beaumont. «Sai bene quanto me perché ti trovi qui perciò, se ci tieni ad avere qualche speranza di alleggerire anche solo un po' la tua pena, ti conviene confessare tutto. Questo farà guadagnare tempo prezioso a tutti.»

«Ma cosa vuole che confessi, buon Dio?» urlò Dupin. «Dal primo giorno in cui l'ho vista, mi squadra con quell'aria sospettosa. Mi ha fatto un mucchio di domande su Louise Salvi, mi ha persino chiesto se possedevo una pistola. Una MAS qualcosa, o non so che altro!»

«Una MAS G1», rispose con calma Beaumont. «E te lo chiedo ancora. Ne hai una o no?»

«Le ho detto di no! È sordo per caso? Cosa vuole che le dica, tutto quello che potrei raccontarle non servirà a niente. A lei interessa solo una cosa, accusarmi di omicidio!»

«Be', è così, sapevo che sei un ragazzo intelligente! Vedi che allora sai perché ti abbiamo arrestato?!»

«Certo che lo so. Rappresento il colpevole ideale, tutto questo perché ho avuto la disgrazia di avere un'avventura con quella smorfiosa di Louise! Allora tutti mi additano gridando 'è lui l'assassino!'»

«Continui dunque a proclamarti innocente?»

Dupin lo squadrò con insolenza e, incrociando le braccia, si appoggiò al muro senza rispondere.

«Supponendo che tu sia innocente», continuò Beaumont, «come mai ti nascondevi in quel magazzino da diversi giorni? Quando uno ha la coscienza pulita, non se la dà a gambe, ma resta tranquillamente a casa sua.»

Dupin rimase di nuovo in silenzio. Guardava dritto davanti a sé, immobile, come a significare che l'interrogatorio era terminato e che non avrebbero ottenuto più nulla da lui.

«Sai che non è solo perché sei l'ex di Louise Salvi che ti stavamo cercando, vero? Durante il nostro primo incontro non ho menzionato un punto essenziale...»

Beaumont si interruppe e osservò attentamente il suo interlocutore. Christophe Dupin non ebbe alcuna reazione.

«Non ho precisato che non era stato rilevato alcun segno di effrazione sulle cancellate del parco, né sulla porta della cappella. All'inizio sospettavamo che l'assassino avesse le chiavi del castello ma non ero ancora venuto a conoscenza di un elemento determinante. Questo elemento mi è stato fornito da Laurent Robier, uno dei conservatori della reggia di Versailles. Hai capito di che cosa parlo?»

Dupin restò in silenzio, ma Beaumont notò che il suo viso si era contratto. Proseguì, insistendo bene su ogni parola.

«Il signor Robier una sera si è recato a un bowling vicino a Corbeil. E lì, gli hanno rubato la borsa. Dentro c'erano soldi, documenti, un bracciale d'oro, ma anche un mazzo di chiavi. E indovina un po' che serrature aprivano quelle chiavi? Quelle della reggia di Versailles! Ma tu sai già tutto, naturalmente, non è così?»

L'altro gli lanciò uno sguardo pieno di odio, ma continuò a tenere la bocca chiusa.

«Poco dopo è cominciata la serie di omicidi sui quali sto indagando. Strana coincidenza, non trovi? Ma abbiamo avuto la fortuna di poter identificare la persona che aveva rubato la borsa del conservatore e, di conseguenza, il mazzo di chiavi... Si tratta di un certo Jean-Luc Dalmon. Questo nome ti dice qualcosa?»

Dupin era leggermente impallidito. Si alzò di scatto e fronteggiò il commissario.

«Perché non la smette di giocare al gatto e al topo con me, eh? Dove vuole arrivare?»

«Dove voglio arrivare?»

I lineamenti di Beaumont si indurirono e il commissario afferrò Dupin per il bavero.

«Lo sai perfettamente, Dupin. Dalmon ti ha denunciato. Eri con lui quella sera. Sei stato tu a voler rubare la borsa di Robier con la scusa che era ricco sfondato. Ma in realtà, quello che ti interessava erano le chiavi, vero? Quando hai lasciato Dalmon, hai avuto tutto il tempo di farle rifare prima di lanciare la borsa sulla strada. Allora, vuoi confessare adesso! Perché hai ucciso quelle tre donne, e dove hai nascosto la pistola?»

«Non ho ucciso nessuno, e non ho una pistola!» urlò Dupin. «Sapevo che la polizia mi avrebbe cercato appena ho sentito parlare di quelle storie di omicidi alla reggia. È solo un caso, coincidenze e basta! Quando ho visto Robier al bowling l'ho riconosciuto immediatamente. Era un amico del padre di Louise, uno ricco sfondato. Ho visto che non badava particolarmente alla sua roba, così ho pensato che sarebbe stato un gioco da ragazzi fregargli la borsa. Ero sicuro che il bottino sarebbe stato buono e avevo ragione. Io e Dalmon ci siamo spartiti i soldi e lui si è occupato di rivendere il bracciale. Conosceva la gente giusta. Abbiamo lasciato tutto il resto dentro e io ho buttato la borsa un po' più lontano.»

«E naturalmente non hai notato che c'erano delle chiavi all'interno?»

«Certo che le ho viste. Ma cosa voleva che m'importasse? Gli abbiamo rubato la borsa per i soldi e nient'altro. Che me ne fregava a me di quelle chiavi! Non avevo intenzione di andare a svaligiare la reggia di Versailles! È un colpo troppo grosso per me.»

«Quindi sapevi che quelle chiavi aprivano il palazzo?»

«Lo sospettavo. Sapevo che il padre di Louise le aveva perché era il responsabile delle installazioni idrauliche. Robier fa il conservatore, doveva per forza avercele anche lui!»

«Se la tua storiella è vera», ribatté Beaumont freddamente, «perché hai chiamato Dalmon, raccomandandogli di essere prudente e di non cercare di rifilare il bracciale per non farsi scoprire?»

Dupin digrignò i denti.

«Gliel'ha detto lui? Che razza di traditore!»

«Non è una risposta!»

«Vi conosco, voi sbirri, mi creda! Appena ho sentito parlare degli omicidi di Versailles, ho ripensato a quel mazzo di chiavi. Bella scalogna averle avute tra le mani appena prima che quei cadaveri fossero depositati alla reggia! Ho pensato che se avessero scoperto che ero stato io a fregare la borsa di Robier, mi avrebbero senz'altro addossato quegli omicidi, tanto più che oltretutto ero l'ex della seconda vittima! E come vede, avevo ragione! È esattamente quello che sta succedendo!»

Beaumont lo guardò fisso e incrociò le braccia.

«Allora, ancora una volta, spiegami perché te la sei svignata per nasconderti in quel magazzino. Se è vero che non avevi nulla da rimproverarti eccetto il furto della borsa, perché non dirlo semplicemente?»

«Ma sapevo che non mi avreste mai creduto!» sbottò Dupin esasperato. «Ho telefonato a Dalmon e ho trovato suo padre. Quando mi ha detto che l'avevano appena arrestato, ho avuto paura. Dalmon è immischiato in parecchi affari loschi, avrebbe potuto farsi beccare per un mucchio di ragioni, ma ho pensato che se l'avevano preso per la storia del bowling, la polizia non ci avrebbe messo molto a risalire fino a me e ad accusarmi di essere l'assassino di Versailles! Allora mi ha preso il panico e ho preferito tagliare la corda! Tutto qui!»

«Un'ultima domanda, Dupin. Anaïs Charenton, ti dice qualcosa questo nome?»

«No, niente. Chi è?»

«È una donna ritrovata assassinata davanti al piccolo Trianon due giorni fa, verso le diciotto. Puoi dirmi dov'eri a quell'ora?»

Dupin alzò gli occhi al cielo.

«Ero nascosto nel magazzino dove mi hanno trovato i suoi uomini!»

«Da solo?»

«Sì, da solo!»

«Se ho capito bene, come l'ultima volta, non sei in grado di fornire un alibi che stia in piedi...»

«Mi scusi, commissario! Se avessi saputo che quella sera ci sarebbe stato un omicidio, mi sarei premurato di mettermi a cantare nudo in mezzo alla strada, tanto per avere dei testimoni!»

Il commissario si alzò sospirando.

«È un po' semplicistico come ragionamento, Dupin. Non mi hai proprio convinto. Dovrai fare di meglio. Magari una notte dietro le sbarre potrà convincerti a mostrarti più ragionevole».

Ignaro degli insulti di cui lo copriva abbondantemente Christophe Dupin, Beaumont uscì e richiuse la porta a doppia mandata. Dopo aver fatto appena tre passi si ritrovò faccia a faccia con Maurel.

«Allora? Ha confessato?» si informò il commissario di divisione.

«Ammette di aver rubato la borsa e di aver avuto in mano le chiavi, ma continua a negare di averle fatte rifare e di essersene servito per commettere gli omicidi della reggia.»

«Sì, dicono tutti così. Le prigioni sono piene di innocenti! Non ha nessun alibi per le sere in cui si sono svolti gli omicidi?»

«No, sostiene di essere rimasto solo ogni volta.»

«Balle! Quello ci prende in giro, ne sono certo! È lui l'assassino! Mi dica, ha sempre intenzione di rivolgersi a uno psicocriminologo?»

«Deve arrivare oggi pomeriggio alle quattordici. Conto di sottoporgli il profilo di Dupin affinché ci dia il suo parere.»

«Glielo faccia incontrare, sono sicuro che le confermerà che quel tipo ha lo stesso profilo dell'assassino che stiamo cercando!»

«È ciò che intendo fare, signor commissario. Adesso, mi scusi, vorrei dire due parole alla donna che accompagnava Dupin. Si trova in questa cella.»

«Prego! E non si dimentichi di tornare alla carica con Dupin. Deve capire che ha tutto l'interesse a mostrarsi collaborativo! Telefonerò al giudice istruttore e gli dirò che stiamo per ottenere la sua confessione. Ha fatto un bel lavoro, Beaumont!»

Quando Maurel si fu allontanato, il commissario alzò le spalle. Il suo capo aveva l'arte di precipitare le cose. O era pronto a ritirargli l'inchiesta, o sembrava sul punto di chiudere il caso congratulandosi con lui per aver arrestato il colpevole, quando non disponeva di alcuna prova materiale che accertasse che Dupin fosse l'assassino di Versailles. Benché Beaumont ne fosse convinto, non lo avrebbe affermato prima di avere avuto un elemento valido sul quale basarsi, per esempio il ritrovamento dell'arma del delitto. Aprì la porta della cella ed entrò. Di fronte a lui, una donna dai capelli rossi raggomitolata su una panca gli lanciò uno sguardo impaurito. Aveva un occhio nero e le guance erano rigate di lacrime e tracce di rimmel. Beaumont si avvicinò e si sedette accanto a lei.

«Il suo nome?»

«Marlène Rostand», rispose la donna tirando su con il naso.

«È l'amante di Dupin?»

La donna si lasciò sfuggire un singhiozzo e annuì con un cenno del capo.

«Mi parli di lui. Era al corrente delle sue attività losche? È di natura piuttosto violenta?»

Marlène Rostand si asciugò gli occhi.

«Christophe non mi parlava mai di quello che faceva. Diceva che ero troppo stupida per capire. Però mi sapeva sempre trovare quando aveva bisogno di me. Anche quando quella figlia di papà con cui usciva gli dava sui nervi, è da me che veniva!»

Beaumont drizzò le orecchie.

«Sta dicendo che Dupin la frequentava già all'epoca della sua relazione con Louise Salvi?»

«Sono anni che conosco Christophe!» sbottò la donna con una punta d'orgoglio. «Da molto prima di quell'ochetta! Non ho mai capito cosa ci trovasse in lei. Forse lo lusingava frequentare i borghesi!»

«Sa che Louise Salvi è stata assassinata?»

Marlène Rostand lo guardò impaurita.

«Sì, l'ho sentito al telegiornale...»

«Sa dov'era Dupin la sera dell'omicidio?»

«N... no. Preferivo non fargli questo genere di domande, lo facevano arrabbiare...»

«È solito mostrarsi violento?»

Abbassò gli occhi e restò un attimo in silenzio.

«Christophe non è cattivo... » disse infine. «Solo un po' nervoso, nient'altro... E spesso è colpa mia... Lo amo, capisce?» sbottò disperata. «Così tendo a mostrarmi un po' troppo invadente. Commetto degli errori senza volerlo, allora lui si innervosisce!»

Guardò Beaumont con angoscia.

«Come quella notte, per esempio... L'hanno preso a causa mia. Mi aveva detto chiaramente di non andare a trovarlo laggiù. Ma stavo in pensiero... Gli ho voluto portare qualcosa da mangiare. E non mi ero accorta di essere seguita... È normale che si sia arrabbiato con me. Lo capisco...»

Incredulo, Beaumont guardò il viso tumefatto.

«È stato lui a farle questo?»

La donna si passò una mano sull'occhio gonfio e distolse lo sguardo.

«Non è niente. Non voleva farmi male. Non l'ha fatto apposta...»

«Mi sembra assai indulgente, signorina Rostand. È evidente che sta tentando di coprire un uomo particolarmente violento che non si fa scrupoli a maltrattarla. Allora adesso risponda sinceramente alla mia domanda: lo crede capace di aver commesso quegli omicidi?»

Marlène Rostand era diventata pallida. Le tremavano le mani.

«Christophe non è un uomo cattivo...» ripeté con

un filo di voce. «Sono sicura che non l'avrebbe mai fatto...»

Beaumont si alzò e si diresse verso la porta.

«In ogni caso, avrebbe dovuto informare la polizia del luogo in cui si nascondeva Dupin. Sapeva che era ricercato. Se risulta che è davvero lui l'assassino di Versailles, potrebbe essere accusata di complicità, se ne rende conto?»

Per tutta risposta, Marlène Rostand nascose il viso tra le mani e si mise a piangere.

Christian Jaquetti bussò alla porta dell'ufficio di Beaumont alle quattordici in punto. Era un uomo abbastanza giovane, doveva essere giusto sulla trentina, vestito elegantemente, e portava sotto il braccio un'enorme valigetta. Baumont lo fece accomodare e chiamò anche Massart.

«Signor commissario, in primo luogo ci tengo a dirle che ho esaminato attentamente il dossier che mi ha fatto pervenire il suo collaboratore e ne ho già tratto alcune conclusioni.»

Accavallò le gambe e prese una sigaretta.

«Permette?»

«Prego...»

Jaquetti aspirò una lunga boccata di fumo prima di riprendere.

«Sa, commissario, il profilo criminale è spesso considerato lo strumento attraverso il quale lo psicocriminologo, ovvero io, è in grado di identificarsi al tempo stesso con l'aggressore e con la sua vittima. Tuttavia, ogni caso è unico, presenta delle specificità, ed è proprio l'analisi delle singole differenze che permette di ottenere dei risultati. Ma se si è rivolto a me, vuol dire che sa già che cos'è un profilo criminale, almeno così suppongo.»

Beaumont scambiò una rapida occhiata con il suo collaboratore. Avrebbe preferito che Jaquetti venisse direttamente al sodo invece di fargli un'esposizione sui profili criminali. Come se gli avesse letto nel pensiero, lo psicocriminologo proseguì.

«Come le ho detto, ho esaminato nel dettaglio il dossier di questo caso. Ho visto le fotografie dei cadaveri, ho letto i referti autoptici, i resoconti degli interrogatori e l'esame balistico. Questo mi ha permesso di ricostruire una visione globale ma precisa dell'organizzazione della scena del crimine. È chiaro che l'assassino ci teneva a che le sue vittime venissero ritrovate proprio nel luogo in cui sono state ritrovate. In tutti e tre i casi non ha cercato in alcun modo di nascondere i corpi, al contrario, li ha esposti bene in vista nel luogo da lui scelto. Ogni volta ha agito di notte, anche nel terzo caso in cui l'ora del decesso della vittima è stimata alle diciotto, ha atteso la notte per andare a depositare il corpo al Trianon. Le date dei delitti a mio avviso non sono significative: non si tratta di giorni festivi come San Valentino, Natale o Pasqua, cosa che a volte può aiutare a spiegare il comportamento dell'aggressore. Non si tratta nemmeno delle date di compleanno delle vittime.»

«Forse quelle date rappresentano qualcosa di molto particolare nella testa dell'assassino. Qualcosa che per il momento noi non siamo in grado di comprendere, ma che ha un significato ben preciso. Per esempio, se l'assassino conosceva le sue vittime, quella data potrebbe essere l'anniversario del loro incontro...» suggerì Beaumont.

«Non è escluso infatti. Tuttavia, ho visto nel dossier che il suo collaboratore, qui presente, aveva interrogato le famiglie di tutte le vittime per conoscerne le frequentazioni. E non ho notato alcun nome comune ai tre casi. Se ricordo bene, l'assassino non ha usato oggetti particolari a eccezione della pistola, vero?»

«Due volte sono state rilevate tracce di ruote sul suolo. È possibile che abbia utilizzato una carriola o un piccolo rimorchio», precisò Beaumont.

«Uhm... uhm...» borbottò Jaquetti grattandosi il mento. «Comunque sia, il delitto è stato commesso con una pistola che, con ogni probabilità, appartiene all'assassino poiché non è stata ritrovata ed è stata utilizzata in tutti e tre i casi. Questo prova che i delitti erano stati ben pianificati: l'assassino aveva portato la sua arma, per di più munita di silenziatore, con il chiaro intento di servirsene, il che ci porta al concetto di premeditazione. In ogni omicidio è stato sparato un solo proiettile, e le ferite inferte post mortem non sono numerose, il che mi porta a stabilire che l'assassino ha agito da solo.»

Lo psicocriminologo rifletté un istante, quindi riprese.

«Quanto alla ricostruzione dei fatti, è abbastanza semplice. Dopo aver drogato le sue vittime, l'assassino le conduce alla reggia di Versailles, dove aspetta che aprano gli occhi per sparare loro un proiettile in piena fronte. A meno che non le uccida prima di trasportarle laggiù. Lascia il cadavere disteso nel luogo che ha scelto, nel parco oppure nell'edificio. Ecco tutto. Non ho notato altre specificità nel suo modo d'agire. Nessuna posizione particolare imposta alle vittime, nessun oggetto speciale usato per torturarle, niente legacci né violenza sessuale, insomma nessun rituale tipico, se non il fatto che i corpi vengono ogni volta depositati alla reggia di Versailles. Il nostro uomo quindi non è un feticista, né un perverso, e nemmeno un maniaco, poiché le ferite che ha inflitto alle sue vittime dopo il decesso erano ogni volta diverse. Per la prima erano lividi sul collo, per la seconda graffi sul viso, e per la terza dei capelli strappati. Non cerca di riprodurre esattamente la stessa situazione. Il suo scopo è altrove.»

«Allora, se non è un pazzo, perché uccide tutte quelle donne?» domandò Massart. «Per vendetta personale?»

«Può essere... Anche se, in questo caso, significherebbe che le conosceva tutte e tre, ed è probabile che allora avrebbe rilevato delle similitudini nelle loro frequentazioni quando ha interrogato le famiglie. Ma non è così. Certo, non è nemmeno impossibile, ma penso che non dovesse necessariamente conoscerle tutte e tre per agire... A mio avviso, le ha scelte, questo è sicuro, in funzione di certi criteri che è il solo a conoscere. Potrebbe essere l'aspetto fisico, lo stato psicologico, le abitudini, l'ambiente sociale... Quelle donne si inserivano nella sua fantasia, e penso che sia per questa ragione che le aveva scelte. Non aveva bisogno di conoscerle particolarmente per questo, solo di osservarle. Quanto a dire che non era un pazzo... Comandante, benché trovi il suo termine un po' eccessivo e spregiativo, non mi metta in bocca parole non mie. Ho precisato che non è né un feticista, né un perverso, né un maniaco. Ciò non significa che sia del tutto sano di mente. Deve sapere che ogni aggressore presenta caratteristiche al tempo stesso psicopatiche e schizofreniche, e oscilla da un versante all'altro in base alla situazione e alla vittima in questione.»

Beaumont rifletteva con le sopracciglia aggrottate.

«Ha detto che le vittime si inserivano nella fantasia dell'assassino. Che cosa intende dire esattamente?»

«Vede», rispose Jaquetti, sicuro di sé, «studiare i pattern comportamentali dell'assassino porta in secondo luogo a domandarsi quali desideri o fantasie tali comportamenti soddisfino. Non bisogna dimenticare che un aggressore generalmente non commette il proprio delitto per caso: ha le sue ragioni. La maggior parte delle volte ha già vissuto il delitto attraverso le sue fantasie prima di passare all'azione su vittime reali. Così si verifica il passaggio dalla fantasia al comportamento: una volta pianificata la fantasia, si sceglie la vittima. Essa ha un ruolo, quello di cui l'aggressore ha bisogno affinché la sua fantasia diventi reale per poter passare all'azione. La vittima diventa così un elemento di rinforzo. Il passaggio dalla fantasia alla realtà richiede un rinforzo permanente e di conseguenza una serie di vittime. La fantasia diventa il movente e permette all'aggressore di controllare la situazione. A volte sente di non dominare la vittima finché questa non è morta. Dopo può controllare il corpo a suo piacimento in diverse maniere, per esempio con ferite post mortem, come in questo caso.»

«In ogni modo, non pensa che atti simili siano indicativi di una particolare violenza nell'assassino?» domandò Massart.

«Più vittime ci sono su un periodo di tempo limitato, più la forza e la violenza aumentano. Più la situazione perdura e più l'aggressore ne trae soddisfazione», spiegò Jaquetti. «In realtà, prova piacere nel sapere che le sue vittime soffrono. L'aggressore crede di fare un favore alla vittima, la rende partecipe della sua fantasia, dei suoi sentimenti personali.»

Massart scrollò il capo con aria incredula, mentre il commissario ascoltava con grande interesse.

«Quindi, se ho ben capito, lei studiando il comportamento e il modus operandi di un assassino è in grado di definirne la personalità, giusto? Allora mi spieghi con che tipo di persona abbiamo a che fare...»

«Il comportamento criminale è caratterizzato da tre fattori. Il primo è detto operativo, e forse è adottato perché è il più semplice ed efficace. Nel nostro caso è identificato dall'uso di un'arma da fuoco. Un solo colpo sparato a bruciapelo e nel momento in cui la vittima non poteva difendersi perché aveva appena riaperto gli occhi dopo essere stata drogata. Ciò significa che l'assassino non voleva divertirsi, per esempio, a torturarla. Voleva solo che morisse, e nel modo più rapido e sicuro possibile. Aveva dunque un motivo per agire così, una ragione ben precisa. Poi c'è l'aspetto rituale del crimine, che corrisponde al fantasma, cioè allo scenario immaginario in cui sono proiettati desideri consci, subliminali o inconsci, e costituisce il legame fra una serie di crimini. In questo caso si tratta essenzialmente del luogo di ritrovamento dei cadaveri e delle ferite inflitte post mortem. Mi spiego: i cadaveri sono stati sistemati all'interno della cinta di Versailles in luoghi ben specifici, che per l'assassino hanno un significato assolutamente preciso. Potrebbe darsi che siano in qualche modo collegati ad alcuni avvenimenti traumatici dell'infanzia. Oppure può averli scelti perché nel suo fantasma si identificano con chi vi ha vissuto. Passando alle ferite inflitte post mortem: l'assassino ha voluto una morte rapida, non ha voluto perdere tempo con loro, e questo denota disprezzo. Subito dopo, però, non ha saputo resistere all'istinto di accanirsi sui cadaveri, ed è quindi mosso da un profondo odio nei confronti delle proprie vittime. Trattandosi di giovani donne forse è sintomatico di una spiccata misoginia radicata nel passato: è stato rifiutato o maltrattato dalla madre, oppure ha subito profonde umiliazioni nella vita sentimentale. In qualsiasi caso, si vendica sulle vittime. Il fatto poi che abbia deciso di lasciare i cadaveri in un luogo pubblico in cui siano ben visibili dimostra anche un bisogno di farsi notare. Il nostro assassino è probabilmente una persona solitaria, praticamente non considerata da chi gli sta intorno.»

Beaumont si alzò e aprì la porta dell'ufficio.

«Senta, signor Jaquetti, il nostro sospettato principale, tale Christophe Dupin, si trova in una cella in fondo al corridoio. Se secondo lei non è inopportuno, che ne direbbe di parlarci un po' e farmi sapere se corrisponde al profilo dell'assassino di Versailles? Ovviamente a titolo puramente indicativo.»

«Va bene, potrebbe rivelarsi un'esperienza interessante. La metterò al corrente delle mie conclusioni non appena avrò finito.»

Quindi si alzò e s'incamminò nella direzione indicata dal commissario.

Beaumont chiuse la porta e si lasciò di nuovo cadere nella poltrona.

«Allora, Massart, cosa ne pensa? Mi sembra un tipo abbastanza sveglio, no?»

Solo allora il commissario si accorse di quanto fosse alterato il comandante. Anzi, era decisamente livido, con gocce di sudore che gli imperlavano le tempie e i pugni serrati così forte che le nocche erano diventate bianche.

«Cosa c'è? Non si sente bene?» si affrettò a chiedere.

Massart gli gettò un'occhiata sgomenta e non riuscì a celare lo sforzo che gli ci volle per ricomporsi e riprendere un atteggiamento normale.

«Non è niente, commissario... Solo... ecco, un leggero malessere. A volte mi succede...»

«Sembra una cosa piuttosto dolorosa... Ma ha consultato un medico?»

«Sì, più di uno. Ma non è niente, non si preoccupi...»

Massart guardò altrove, infastidito dallo sguardo indagatore di Beaumont.

«Comunque, ha ragione. Jaquetti è davvero un tipo sveglio», aggiunse velocemente. «Però devo ammettere che a volte non capivo quello che diceva...»

«A me sembra un vero esperto di criminologia. L'istinto mi dice di fidarmi del suo giudizio. E, se devo essere sincero, dopo averlo ascoltato mi è venuto un dubbio davvero antipatico...»

«E quale?»

«Adesso non sono più così convinto che Christophe Dupin sia l'uomo che cerchiamo...»

Poco dopo Christian Jaquetti fece ritorno nell'ufficio di Beaumont.

«Commissario, ho appena finito di parlare con il sospetto e temo che le mie conclusioni non le piaceranno molto...»

Il commissario lo guardò negli occhi e incrociò le braccia.

«L'ascolto, mi dica.»

«Be', ecco, già dalle prime parole che ha detto sono stato quasi sicuro che non corrispondesse al profilo dell'assassino. Come le dicevo, si tratta di una personalità molto complessa, che agisce secondo un ragionamento ben definito e chiaro solo a lui. È metodico, preciso e sa esattamente che cosa intende fare. Se posso esprimermi liberamente, Dupin invece è solo un furfante di bassa lega. Un opportunista, un volgare teppista che cerca di approfittare delle occasioni. Non che sia incapace di uccidere ma, se l'ha già fatto, credo che sia stato essenzialmente per rubare soldi e oggetti di valore. Ecco, soldi e oggetti di valore: a me sembrano le uniche cose che gli interessano. E questo, di contro, non è assolutamente il caso del nostro assassino. Se non ricordo male, non ha mai preso i soldi dalle borse delle vittime...»

«Io però ho parlato con la sua compagna. Le ha

fatto un occhio nero e quindi può diventare anche molto violento. La seconda vittima era una sua ex. Supponiamo che abbia avuto una storia anche con le altre due e che le cose siano andate male. Non crede che potrebbe averle uccise in preda all'ira?»

«Sì, credo che ne sarebbe capace, però in questo caso non si sarebbe scomodato a portare i cadaveri alla reggia. Avrebbe agito a casa loro o dietro il primo angolino buio, in preda all'istinto, e la cosa sarebbe finita lì. No, non è un pianificatore. E quand'anche fosse implicato nella vicenda, di certo non ne è l'attore principale. Le ripeto che è totalmente diverso dall'idea che mi sono fatto dell'assassino. Questa però è la mia opinione, sta a lei decidere che cosa farne.»

Beaumont tacque per qualche secondo, perso nei propri pensieri. Poi alzò la testa e tese la mano all'interlocutore.

«Signor Jaquetti, la ringrazio dell'aiuto. Mi è stato davvero prezioso. Posso chiederle di contattarmi subito nel caso le venisse in mente un qualsiasi elemento nuovo che potrebbe rivelarsi utile?»

«Ma certo, signor commissario, conti pure su di me.»

Non appena l'uomo se ne fu andato, Massart si rivolse al commissario.

«E adesso che cosa intende fare? Rilascerà Dupin?»

«Non ci penso nemmeno», replicò Beaumont impassibile. «Ok, in teoria secondo me Jaquetti è uno che sa il fatto suo, ma ciò non significa che, in pratica, mi fidi ciecamente di lui. Abbiamo degli indizi contro Dupin e farò tutto quello che è in mio potere perché se ne rimanga al fresco fin quando non avrò chiarito le cose.»

Sospirò e si passo stancamente la mano sulla fronte.

«Comunque sia, se davvero Dupin è innocente, ci ritroviamo punto e a capo. Ripeto, per me Jaquetti è un tipo in gamba e mi ha rivelato un sacco di cose sulla personalità dell'assassino, purtroppo però niente che ci possa servire per rintracciarlo se davvero non è Dupin. Questo significa che il colpevole è ancora là fuori e può prepararsi in tutta tranquillità per ricominciare!»

Il mattino seguente Beaumont fu svegliato alle sette in punto dal telefono. Era il commissario di divisione Massart. Beaumont comprese subito dal tono di voce di che cosa si trattava.

«Vada subito alla reggia di Versailles. Tanto ormai la strada la conosce! Mi hanno appena detto che Evrard ha telefonato e che era fuori di sé. Il quarto cadavere ci sta aspettando!»

8

Beaumont scorse il direttore Evrard non appena varcò i cancelli dorati della reggia. Era solo, in piedi nel cortile di marmo. Aveva l'aria distrutta e un colorito quasi grigiastro. Quando alzò la testa in direzione del commissario, aveva un'espressione vacua. Con un cenno del capo indicò il primo piano dell'edificio centrale.

«È lassù», si limitò a informarlo.

Beaumont non riuscì a dire nulla e si diresse in silenzio verso l'entrata.

«Commissario?» lo chiamò Evrard.

Si girò.

«Credo che darò le dimissioni. Non posso andare avanti così... Non posso...» mormorò con voce atona.

Beaumont lo fissò per qualche minuto, poi si allontanò senza rispondere. Che cos'avrebbe potuto dirgli? Che avrebbe acciuffato l'assassino? Non era più nemmeno tanto sicuro. Non si sentiva più in sé. Aveva pensato che l'arresto di Christophe Dupin avrebbe risolto tutto, ma ora l'assassino aveva colpito di nuovo mentre lui era rinchiuso in una cella. Jaquetti aveva ragione, e i fatti non avevano impiegato molto a confermarlo. Una volta al primo piano attraversò la sala delle guardie e l'anticamera del Grand couvert. Nel salone dell'occhio di bue trovò i due agenti che aveva posto a rinforzo della sorveglianza.

«Buongiorno, commissario», lo apostrofò uno con voce incerta.

«Dov'è il cadavere?» tagliò corto Beaumont.

L'altro gli indicò con il mento la stanza alle proprie spalle.

«Qui, commissario, nella stanza del re... L'assassino l'ha steso sul letto. È stato il signor Evrard a trovarlo, poco fa...»

Beaumont si diresse verso le porte già aperte della stanza senza nemmeno fermarsi. L'arredamento era particolarmente sontuoso: pesanti broccati intessuti e ricamati d'oro, quadri dei più grandi artisti dell'epoca come Valentin de Boulogne, Van Dyck e Giovanni Lanfranco, boiserie dorate. Al centro l'alcova con il letto, riservato al re solo, era separata dal resto dell'ambiente da una balaustrata in legno anch'esso dorato. La camera del re era il cuore del palazzo e i mobili vi erano stati disposti con particolare attenzione ai rituali del protocollo. Dietro la balaustrata si accalcavano i cortigiani cui era concesso l'onore di assistere al risveglio o all'assopimento del sovrano, attività regolate dal cerimoniale che Luigi XIV aveva portato al culmine. Il mattino spettava a madame Hamelin, che ne era stata la nutrice, il privilegio di entrare per prima e svegliarlo. E così spesso era lei a riceverne il primo sorriso o a ottenerne il primo favore. Verso le otto e mezzo, poi, il primo valletto di camera, Bontemps, entrava e diceva: «Sire, è l'ora». Solo a quel punto il re si alzava e iniziava così la cerimonia vera e propria, chiamata del petit lever. I medici erano ammessi alla sua presenza, lo visitavano e s'informavano circa la sua salute. Seguivano i membri della famiglia reale, che sfilavano davanti all'alcova inchinandosi. L'arrivo del maestro di camera e del guardaroba segnava l'inizio del grand lever, con la vestizione e la colazione del re, che amava prendere del brodo. Si trattava di una cerimonia aperta alle personalità più in vista del regno, ossia i principi di sangue e i cortigiani che, per carica o rango, ne avevano diritto. Ogni giorno erano circa un centinaio gli spettatori e assistenti, tutti uomini, a prendervi parte, e i gentiluomini si accapigliavano per assicurarsi l'onore di porgere la camicia al sovrano o, la sera, di reggere un piccolo candeliere. In quella stanza Luigi XIV dormiva, con il primo valletto coricato ai piedi del letto, e cenava da solo a tavola ma alla presenza di un pubblico, durante il cosiddetto petit couvert. I momenti d'intimità che gli erano concessi erano decisamente rari.

Al centro della stanza Beaumont vide il commissario di divisione Maurel, il responsabile della sicurezza e uno dei guardiani dei giardini. Stavano parlando a voce bassa e guardavano in direzione dell'alcova. Il commissario decise di avvicinarsi. Dietro le pesanti tende ricamante del baldacchino s'intravedeva un corpo disteso sul letto. Si trattava di una giovane donna bionda i cui occhi azzurri ormai senza vita parevano fissare attoniti il telaio sopra il letto. L'assassino aveva un debole per le bionde! Se non fosse stato per la prima vittima, Marie Métivier, che era bruna, si sarebbe potuto pensare che il criminale scegliesse in base al colore dei capelli. Guardandola in volto, Beaumont ebbe l'impressione di averla già vista. All'improvviso la riconobbe e un fastidioso brivido gli percorse la schiena. Deglutì a fatica. Era la ragazza che aveva incontrato al ristorante in compagnia del comandante Massart quand'era uscito a cena con Marie. Il nome gli sfuggiva però ne ricordava il volto. Al centro della fronte bianca spiccava il buco lasciato dal proiettile, che aveva compiuto il proprio dovere. Le labbra erano gonfie e tumefatte, come se fosse stata colpita. Ciononostante la morte ne aveva lasciata intatta l'incredibile bellezza. Pareva un angelo. Un angelo? Ecco come si chiamava: Angélique! Angélique Portal. Massart gliel'aveva presentata. Udì un rumore di passi e alzò la testa. Lì accanto a lui c'era proprio il comandante, livido, con il volto trasfigurato e le mani conficcate bene in fondo alle tasche come a voler impedire loro di tremare. Beaumont non seppe che cosa dirgli. Massart s'inginocchiò accanto al cadavere ed emise un gemito soffocato. Il commissario si allontanò allora con discrezione e si unì al gruppetto ancora riunito al centro della stanza. Non appena lo vide, Massart s'irrigidì e distolse lo sguardo. Il responsabile della sicurezza e il guardiano erano tesi e concitati.

«Signor commissario, davvero non so capacitarmi di come possa essere successo!» esclamò Olivier Monturo. «Cancelli, porte, corridoi: ogni uscita era controllata. Nessuno avrebbe potuto entrare senza essere individuato immediatamente. Non riesco a capire! È come se quel criminale avesse la capacità di rendersi invisibile!»

«Di certo è davvero molto in gamba...» replicò Beaumont cupo.

«A proposito, Beaumont, quell'uomo che ha fatto rinchiudere in cella, quel Dupin che doveva essere l'assassino...» esordì Maurel con tono glaciale. «Immagino che ora l'unico capo d'accusa che ci è rimasto sia il furto, giusto? A meno che non sia in grado di attraversare i muri dubito fortemente che sia lui l'artefice di questi delitti!»

«Lo so, signor commissario. Mi sono sbagliato. Quanto accaduto questa notte è terribile, però mi dà la possibilità di riprendere le indagini, e questa volta nella direzione giusta.»

«Cosa vorrebbe dire? Non penserà mica che la lascerò tergiversare per mesi lasciando quel pazzo libero di fare una nuova vittima a settimana, vero? E no, Beaumont, l'avevo avvisata! Affiderò le indagini a qualcun altro!»

«Signor commissario, lei stesso mi ha concesso una settimana. Ho ancora tre giorni e può scommettere che saprò come usarli. Non mi lascerò più sorprendere da una falsa pista. E poi, dopo stanotte ho già un'idea di come muovermi...»

«Ma davvero? Meglio tardi che mai...» lo schernì Maurel con sarcasmo.

Beaumont ignorò l'ironia del proprio superiore e si rivolse al responsabile della sicurezza.

«Signor Monturo, mi ha appena detto che ogni uscita era sorvegliata giorno e notte e che nessuno avrebbe potuto entrare senza essere scoperto, ma ne è davvero certo?»

«Più che certo, sì. Ed è proprio per questo che non capisco. Oltretutto, come sa, dopo l'omicidio al Trianon la reggia è stata chiusa al pubblico e l'accesso era riservato unicamente al personale, che veniva rigorosamente controllato all'arrivo.»

«E cosa può dirmi dell'allarme? L'ultima volta il cadavere è stato sistemato all'esterno e perciò il problema non si poneva, ma questa volta l'assassino è riuscito a entrare. L'allarme non è scattato?»

All'improvviso Olivier Monturo parve a disagio.

«A dire il vero no, commissario...» rispose con voce esitante. «Senta... non è obbligato a credermi, però è la verità... l'allarme è stato semplicemente disinserito...»

«Disinserito? Ma perché non me l'ha detto?» chiese allora Maurel accigliato.

«Mi deve scusare, ma è perché non abbiamo parlato di allarmi... Sono molto agitato...» rispose Monturo con aria confusa.

«Quando dice che l'allarme era disinserito», riprese Beaumont spazientito, «intende dire che ieri sera si è dimenticato di inserirlo o che qualcuno l'ha disattivato durante la notte?»

Monturo era visibilmente in imbarazzo.

«Senta, signor commissario... Tecnicamente non c'è nessuna differenza. Mi spiego: non è stato tagliato nessun filo e non è stato sabotato in alcun modo. L'allarme era semplicemente... spento. Glielo ripeto: lo so che i fatti mi danno torto, eppure le giuro che ieri sera l'avevo inserito. Ho una memoria eccellente e sono sicuro di averlo fatto. Me ne sono occupato ogni sera per anni e non ho mai sbagliato una sola volta. Allora sarà d'accordo con me nel pensare che non è certo in una situazione del genere che mi sarei abbandonato alla negligenza... Glielo giuro, ieri sera io l'allarme l'ho attivato...»

«Le credo, signor Monturo, ma allora come si spiega che non è scattato? Il sistema è o non è affidabile?»

«Certo che lo è! Mi creda, con questo allarme nemmeno un topo potrebbe entrare nel palazzo senza farlo scattare immediatamente. No, per me può essere andata solo così: è stato disinserito da qualcuno che conosceva il codice. Questo spiega perché non ha suonato pur non essendo stato sabotato. Qualcuno l'ha semplicemente spento...»

«Chi è a conoscenza del codice?»

«Solo io e il signor Evrard... È un'informazione strettamente riservata», rispose l'uomo abbassando lo sguardo.

«E non è possibile che qualcun altro ne sia venuto a conoscenza?»

«Non vedo come... Non è annotato da nessuna parte qui alla reggia. Il signor Evrard l'ha scritto su un pezzo di carta che poi ha messo in cassaforte, sa, nel caso uno di noi due lo dimenticasse, cosa che comunque non è mai accaduta.»

Beaumont rifletté per qualche secondo.

«Riassumendo, chi ha deposto qui il cadavere è riuscito a introdursi nella reggia senza attirare l'attenzione nonostante la zona sia chiusa al pubblico e strettamente sorvegliata e in più conosceva il codice dell'allarme. Capisce anche lei che questi elementi mi obbligano a restringere il campo delle ricerche al personale che lavora qui. Chiederò al signor Evrard di convocarvi tutti per questo pomeriggio. Guardiani, architetti, restauratori, giardinieri... tutti. Voglio incontrare tutto il personale al gran completo. E se questa volta qualcuno mi nasconde qualcosa, saranno guai seri!»

Beaumont si diresse poi verso la porta senza indugiare troppo nonostante l'espressione attonita di Monturo. La giudiziaria e il medico legale erano appena arrivati e si stavano già affaccendando intorno al cadavere accanto al quale Massart era ancora inginocchiato. Mégane lo salutò con un cenno della testa e un sorriso appena abbozzato. Era distante: che se la fosse presa perché aveva rifiutato il suo ultimo invito? Lo sguardo gli cadde allora sul comandante che, con gli occhi rossi, si era infine rialzato per permettere ai colleghi di esaminare il corpo. Aveva l'aria decisamente sofferente. Che strano, pensò Beaumont, disprezzava così tanto le donne che non avrei mai creduto che la morte di una di loro l'avrebbe colpito tanto!

«Beaumont?»

Si girò e si trovo a faccia a faccia con Maurel.

«Cosa succede al comandante Massart?» chiese senza tanti giri di parole. «Sembra particolarmente toccato dalla morte della ragazza. Per caso la conosceva?»

Il commissario esitò alcuni istanti prima di rispondere. Doveva rivelare a Maurel ciò che sapeva? Dopotutto, prima o poi l'avrebbe pur dovuto sapere...

«Una sera li ho visti insieme al ristorante», si limitò a dire.

Quasi non fece in tempo a concludere la frase che Maurel si diresse verso il comandante.

«Massart, e così la conosceva? Ci dica subito tutto ciò che sa su di lei, forse potrebbe essere utile per metterci sulle tracce dell'assassino!»

Il comandante lo fissò con uno sguardo assente. Era pallido come un cencio e in preda a un tremito convulso.

«Suvvia, risponda!» gridò Maurel spazientito. «E, per Dio, la smetta con queste storie! Capisco che la conosceva, ma non cerchi di farmi credere cha la sua morte l'ha scossa fino a questo punto! Tutti sappiamo cosa pensa delle donne e che è a dir poco un misogino!»

Oh, signore! pensò Beaumont mettendosi una mano sulla fronte. Alla faccia della diplomazia! È vero che Maurel non ha mai avuto molto tatto, ma questa volta ha battuto ogni record!

Diede poi un'occhiata al suo più stretto collaboratore. A quelle parole Massart era impallidito ancora un po' e aveva l'aria di chi avesse appena ricevuto un pugno molto violento allo stomaco. Alzò una mano tremante verso Maurel.

«Lei non capisce!» esordì con voce spezzata. «No, lei non può capire! È per colpa mia che è morta! È colpa mia, ha sentito?»

Poi si precipitò fuori dalla stanza travolgendo il superiore. Beaumont non perse tempo e lo seguì.

«Bravo, Beaumont, lo fermi! Mi occupo io di far convocare tutto il personale per questo pomeriggio!» esclamò Maurel.

Una volta raggiunto il cortile, Beaumont si accorse che il comandate era sparito. Per quanto si guardasse in giro, ormai l'aveva perso. Ma dove si era cacciato? Doveva assolutamente parlargli. Che cos'aveva voluto dire affermando che la ragazza era morta per colpa sua? Doveva forse aggiungerlo alla lista dei sospetti? Fece un lungo respirò e si ripeté le parole dello psicocriminologo: «Non ha saputo resistere all'istinto di accanirsi sui cadaveri, ed è quindi mosso da un profondo odio nei confronti delle proprie vittime. Trattandosi di giovani donne forse è sintomatico di una spiccata misoginia radicata nel passato: è stato rifiutato o maltrattato dalla madre, oppure ha subito profonde umiliazioni nella vita sentimentale. In qualsiasi caso, si vendica sulle vittime». Poi si ricordò anche di quanto Massart era parso turbato da quella descrizione, addirittura alterato, e quando gli aveva chiesto se vi fosse qualcosa che non andava, l'altro aveva fatto finta di essere sofferente. E se vi fosse stata un'altra ragione? Si ricordò anche il commento fuori luogo che aveva fatto riguardo ad Anaïs Charenton, la terza vittima: «Dopotutto era solo una donna». E poi il modo sprezzante con cui guardava Maurel quando discuteva con la moglie, e che aveva riservato anche a lui quando l'aveva incontrato in compagnia di Mégane o di Marie. Mancanza di tatto a parte, Maurel aveva ragione: il comandante aveva davvero la reputazione di misogino incallito. Beaumont sospirò di nuovo. Per quanto lo ripugnasse, sapeva bene che avrebbe dovuto mettere al corrente Maurel delle proprie riflessioni. Non poteva permettersi di trascurare nessuno indizio, e comunque bisognava ammettere che Massart si era comportato in maniera decisamente inquietante. Il fatto che poi fosse uscito con la vittima non era che un altro punto a suo sfavore. Sì, doveva assolutamente ritrovarlo e al più presto. Prese il cellulare e cercò di chiamarlo, ma gli rispose solo la segreteria telefonica.

Raggiunse la propria auto e si mise al volante. Si concesse cinque minuti di riposo e appoggiò la testa al sedile chiudendo gli occhi. Ripensò a quel vecchio adagio che diceva che il luogo in cui si è più al riparo durante un ciclone è proprio nel suo occhio. A quanto pareva, l'assassino l'aveva applicato alla lettera. Nonostante lo strano atteggiamento di Massart, Beaumont era sempre più convito di dover rivolgere le proprie indagini in direzione del personale della reggia. Al possesso delle chiavi e all'assoluta conoscenza del luogo ora si aggiungeva anche la questione dell'allarme disinserito. L'autore di quei crimini pareva trovarsi perfettamente a proprio agio nel palazzo, o se non altro abbastanza da riuscire ogni volta a infilarsi nelle maglie della rete che aveva stretto.

«Ti prenderò!» esclamò il commissario fra i denti. «Anche se dovessi mettermi io stesso a dormire nel letto del re e mettere una guardia per ogni stanza. Non ti permetterò di continuare indisturbato!»

Si sentì percorso da un tremito. Frugò nelle tasche, prese il telefono e compose il numero di Marie. Nessuna risposta. La chiamò sul cellulare e la ragazza gli rispose al terzo squillo.

«Marie? Sono Axel. Dove sei?»

«Non troppo lontano da te, immagino... Ho saputo questa mattina al mio arrivo. Tutti erano così sconvolti. Il signor Evrard ci ha appena comunicato che vuoi vederci tutti questo pomeriggio, è vero?»

«Quindi sei alla reggia? Ma è proprio necessario che lavori anche in questi giorni?»

Si udì una risatina amara.

«Axel, credimi, il fatto che il palazzo sia stato chiuso al pubblico non ci dispensa dalle nostre mansioni. Evrard non ci ha proposto un permesso per via del serial killer, se è questo che pensi!»

«È che mi preoccupo per te... Quel criminale se la prende solo con ragazze belle e giovani, e sono quasi sicuro che sia un frequentatore assiduo della reggia, se non addirittura che ci lavori. Non mi piace sapere che anche tu sei lì. Chi ti dice che non metterà gli occhi su di te?»

Marie non rispose e rimase in silenzio per qualche secondo.

«Non preoccuparti, concentrati invece sulle indagini. Ti prometto che starò attenta.»

Per quanto Marie si sforzasse di apparire sicura di sé, Beaumont avvertì chiaro un pizzico di paura nella sua voce.

«Sono in macchina, davanti alla piazza d'armi. Dimmi dove sei che ti raggiungo», replicò d'un fiato.

«Sono negli appartamenti della regina. Nella camera da letto, per essere precisa. Mi sto occupando di un arazzo. Si trova al primo piano sulla sinistra.»

«Bene, arrivo!»

Scese dall'auto e rientrò alla reggia. Dovette sforzarsi non poco per contenersi e correre all'impazzata. Mentre saliva la scalinata pensava ai propri sentimenti per Marie. Si frequentavano da poco tempo, tuttavia doveva ammettere che si sentiva legato a lei più di quanto avrebbe immaginato. L'idea che fosse in pericolo gli faceva perdere la ragione. Da quando aveva avuto quell'incubo così sinistro non riusciva a non sentirsi in ansia. Provava un irresistibile bisogno di proteggerla, ma sapeva di doversi controllare. E poi forse Marie non avrebbe gradito di essere messa sotto una campana di vetro. Nonostante l'inquietudine, Beaumont aveva deciso di non mostrarsi troppo invadente. Marie sembrava una ragazza abbastanza indipendente e magari, se si fosse sentita soffocata, sarebbe stato il loro rapporto ad andarci di mezzo. Il commissario raggiunse gli appartamenti della regina e si fermò, deglutendo a fatica. Non avrebbe sopportato di trovarla a terra con un colpo di pistola in mezzo alla fronte. Di certo avrebbe avuto la stessa reazione del comandante Massart. Si sforzò di tornare in sé. Doveva assolutamente mantenere il controllo delle proprie emozioni. Entrò dunque nella stanza della regina e scorse Marie. Era inginocchiata nell'alcova, accanto al letto imperiale dove un tempo avevano riposato le sovrane di Francia. Maria Teresa di Spagna, regina di Luigi XIV, vi aveva dormito sino alla propria precoce scomparsa nel 1683. La camera fu poi occupata da Marie Leszczynska, sposa di Luigi XV, e infine da Maria Antonietta, la quale aveva rinnovato l'intero arredamento perché lo trovava ormai fuori moda. L'ambiente era rimasto esattamente com'era quando la sfortunata regina aveva lasciato la reggia nel 1789 per non farvi mai più ritorno. Nei luoghi che l'avrebbero ospitata, segnando le tappe del suo tragico destino verso la ghigliottina, non avrebbe certo ritrovato uno splendore simile: il palazzo delle Tuileries, la locanda di Varennes, la prigione nella torre del Tempio e, infine, la Conciergerie, dove trascorse le sue ultime ore di vita nella miseria più completa.

Assorta nel proprio lavoro, Marie non l'aveva sentito arrivare. Esaminava centimetro per centimetro le sete tessute o ricamate di lilla e piume di pavone che adornavano alcova e letto. Lo sguardo serio le dava un'aria da studentessa molto diligente. Beaumont si avvicinò piano e le mise una mano sulla spalla. Marie sobbalzò per lo spavento.

«Ah, sei tu! Mi hai fatto prendere un colpo. Non ti ho sentito arrivare.»

«Scusami, non volevo», rispose il commissario accarezzandole la mano. «Comunque sia, la tua reazione conferma quello che pensavo: stare qui t'innervosisce, vero?»

Marie scoppiò di nuovo in una risatina amara.

«Be', mi basterebbe anche meno per esserlo. È come se le donne uccise si aggirassero per le stanze della reggia, se le loro anime si confondessero fra le gloriose ombre di re, regine e cortigiani che vi hanno vissuto...»

«Che cosa poetica!» la prese in giro. «Peccato che non sia altrettanto rassicurante. Così io penso di essere solo con te, ma in realtà siamo circondati da fantasmi, giusto? Brrr...»

«A volte i fantasmi fanno meno paura dei vivi», gli rispose con dolcezza. «Per quanto ne so, quelle poverette non sono state uccise da uno spettro...»

Il sorriso di Beaumont si spense sulle labbra. Prese la mano di Marie tra le proprie e la guardò negli occhi.

«Marie, credo che dovresti chiedere qualche giorno di ferie. Quest'atmosfera ti fa male e poi non ti nascondo che anche tu sei in pericolo. Sono sicuro che l'assassino si aggira nei paraggi e potrebbe decidere di colpire ancora, perciò preferirei saperti al sicuro lontano da qui.»

La ragazza non rispose. Si limitò a scuotere tristemente la testa e a fingere di tornare a esaminare i tessuti.

«Marie...»

«Axel, davvero, non credo sia possibile. C'è un sacco di lavoro da fare e dobbiamo approfittare della chiusura al pubblico perché ci lascia molta più libertà di occuparci della reggia. Qui ho finito e devo andare in laboratorio a prendere il necessario per i restauri. Come vedi non ho il tempo di fermarmi nemmeno un istante... E poi, visto che hai voluto convocarci tutti per questo pomeriggio, Evrard ci ha comunicato che dovremo tenerci a disposizione della polizia, quindi non credo che in questo momento sia tanto propenso a concedermi le ferie...»

Alzò gli occhi e gli fece un sorriso pieno di coraggio.

«E comunque non ho poi così tanta paura. Diciamo che sono solo un po' nervosa, e basta. Per favore, non preoccuparti per me e concentrati sulle indagini. Sono certa che lo prenderai prestissimo.»

Beaumont sospirò. Era giunto il momento di smettere di insistere se non voleva fare la figura di mamma chioccia con i pulcini.

«Però promettimi almeno che sarai prudente, d'accordo?» mormorò piegandosi verso di lei.

«Prometto. E se questa sera sei libero, magari potremmo cenare insieme...» propose con un filo di voce.

«Sarebbe perfetto. Allora a questo pomeriggio...»

Le posò un bacio furtivo sulla punta delle dita e la guardò allontanarsi. Stava per andarsene anche lui quando vide la responsabile dei restauri, la signora Bédélin, ferma sulla soglia. Che li avesse sorpresi in quel breve attimo di intimità? Anche se così era stato, comunque non lo diede a vedere e, anzi, gli tese la mano con un sorriso cortese. Mentre ricambiava il gesto, a Beaumont parve di cogliere un lampo di paura anche nel suo sguardo.

«Buongiorno, commissario. Che piacere rivederla, anche se avrei preferito accadesse in altre circostanze.»

«Buongiorno, signora Bédélin. Mi creda, vale anche per me!»

«Tuttavia ho un buon motivo per essere felice di incontrarla. In effetti c'è qualcosa di cui vorrei parlarle...»

«Prego, la ascolto...» rispose Beaumont.

«Ecco... A dire il vero si tratta di una cosa piuttosto personale... Preferirei parlarne in un posticino più tranquillo... Avrebbe qualche minuto da concedermi?»

«Ma certo. Usciamo pure.»

La signora Bédélin lo seguì fuori della stanza. Mentre attraversavano i corridoi il commissario notò di nuovo che aveva un'aria preoccupata e che questa volta non era in vena di fargli da guida. Era visibilmente turbata per qualcosa. Una volta fuori dei cancelli, lo condusse verso i tavolini all'aperto di un bar proprio davanti alla piazza d'armi.

«Ho saputo che questo pomeriggio vuole incontrare tutto il personale della reggia. Ha scoperto qualcosa di nuovo riguardo all'ultimo omicidio?»

Beaumont ebbe un attimo di esitazione prima di risponderle.

«Vede, signora Bédélin, sono convinto che qualcuno che lavora alla reggia ne sappia più di quanto non voglia far credere. Questa notte l'allarme è stato disinserito da qualcuno che ne conosceva il codice e l'assassino è riuscito a entrare nella stanza del re con la vittima nonostante tutti gli accessi fossero sorvegliati, il che significa che conosce questo luogo come le sue tasche. Oppure che ha un complice all'interno. Comunque sia, bisogna essere animati da una solida determinazione per correre tutti questi rischi. Io non credo alle coincidenze ed è chiaro che in questa storia la reggia di Versailles ricopre un ruolo fondamentale. Devo assolutamente scoprire quale.»

«Ha pienamente ragione. E forse io posso aiutarla...»

Beaumont la guardò disorientato e senza aprire bocca.

«Ho qualcosa da farle vedere.»

Si frugò nella tasca della giacca e gli porse un foglietto piegato in quattro.

«Tenga, legga pure. L'ho ricevuto questa mattina.»

Il commissario aprì il foglio, su cui erano stati composti alcuni versi con lettere ritagliate da giornali e riviste e incollate alla bell'e meglio:

Il re si ritira a Marly
Da amante a marito in un dì.
S'inchina al destino del saggio,
l'età che s'impone sovrana.
Ritorna al patrio villaggio
e sposa l'antica puttana.

Beaumont guardò la signora Bédélin stupito.

«Cosa significa? Cos'è, uno scherzo?»

«Nessuno scherzo, commissario», rispose la donna con calma. «Sono versi tratti da un pamphlet scritto all'epoca di Luigi XIV e atto a coprire di ridicolo le sue seconde nozze con madame de Maintenon.»

Beaumont rimase in silenzio, perciò lei proseguì.

«Françoise d'Aubigné, marchesa di Maintenon, si unì in matrimonio morganatico al re dopo la morte dalla regina Maria Teresa nel 1683. Era una bellissima donna e l'infanzia trascorsa nelle isole le era valsa il soprannome di 'Belle Indienne', la bella indiana. Aveva qualche anno in più del re. Non potendo contare su nessun patrimonio di famiglia, fu obbligata a sposarsi giovanissima con il poeta Scarron, un infermo dall'aspetto ripugnante ma dall'animo molto vivace. Il suo salotto era frequentato dall'alta società dell'epoca, e non solo perché tutti volevano ammirarne la giovane sposa. Alla morte del marito, Françoise si ritrovò nella miseria più cupa ma, per sua fortuna, l'amicizia con madame de Montespan, la favorita del re, le permise di occupare un ruolo privilegiato nella vita del monarca. Divenne infatti la governante dei figli illegittimi che aveva avuto dalla Montespan e, a poco a poco, il sovrano iniziò ad avvicinarsi a lei, tanto da regalarle il marchesato di Maintenon e cancellarne così il passato. Quando poi la Montespan risultò coinvolta nell'affare dei veleni, i due si avvicinarono ancora di più. Quando Luigi XIV rimase vedovo, si sposarono nonostante le decise proteste del ministro Louvois, che riteneva inconcepibile che il re Sole si abbassasse a sposare la 'vedova Scarron'. Il re aveva quarantaquattro anni, ed è perciò molto probabile che si sia trattato di un matrimonio d'amore. Madame de Maintenon divenne così una regina senza corona. Ricondusse il monarca sui sentieri della fedeltà e, soprattutto, della fede. Era infatti molto devota e perciò cambiò l'atmosfera a corte, preferendo l'austerità alla frivolezza...»

«È tutto davvero interessante, ma non vedo come possa avere a che fare con le mie indagini... E non mi spiega nemmeno come mai qualcuno le abbia voluto inviare questo pamphlet», commentò Beaumont ancora più sorpreso.

«Adesso le spiego... Come le ho detto, madame de Maintenon, cui si allude nel pamphlet, si chiama Françoise, e si dà il caso che anch'io mi chiami così.»

«E quindi? Crede che sia per questo che le hanno mandato la lettera? Ma non è certo l'unica Françoise della città», commentò Beaumont perplesso.

«Commissario, mi pare di capire che finora lei non si fosse mai interessato alla reggia di Versailles né alla sua storia, vero?»

«Be', in effetti... Sì, ha ragione. Non l'avevo mai presa in considerazione e me ne dispiace. Forse se ne sapessi quanto lei sul palazzo e su coloro che vi hanno vissuto, ci potrei trovare la chiave del mistero. Sì, forse è proprio lì che bisogna cercare...» rispose pensieroso.

«Proprio così. E data la sua ignoranza al riguardo è normale che non capisca dove voglio arrivare. Non sono cose che si possono indovinare.»

«Che cosa esattamente non posso indovinare?» la incalzò il commissario, che ci capiva sempre meno.

«Vede, io sono come lei, non credo alle coincidenze... E adesso sono sicura che è proprio per questo che ho scoperto il movente dell'assassino. La lettera di questa mattina non ha fatto che confermare i miei dubbi e, purtroppo, i miei timori...»

Beaumont continuò a fissarla.

«Intende dire che sa perché quel criminale ha ucciso quelle donne e poi ha lasciato i loro cadaveri nel castello?»

«Posso sempre sbagliarmi, però sì, credo di sapere perché.»

Stupefatto, il commissario non riusciva a smettere di guardarla dritto negli occhi e a chiedersi se non si stesse prendendo gioco di lui.

«Se le cose stanno così, il suo sarà un aiuto prezioso! Continui, l'ascolto!»

La signora Bédélin fece un profondo respirò e iniziò: «Lei ha appena detto che la reggia di Versailles è il fulcro del caso, e ha ragione. Come sa, qui hanno vissuto molti re, ma è stato Luigi XIV a trasformarlo nella residenza reale, a ordinare i giganteschi lavori necessari per creare giardini assolutamente meravigliosi e appartamenti così sontuosi. La reggia è opera sua tanto quanto degli artisti che vi hanno lavorato, e lui ne è divenuto il simbolo. Ed è anche stato uno dei più grandi re di Francia: il re Sole, al contempo capo di stato e divinità, incarnazione della monarchia assoluta.»

«Quindi, se ho ben capito, è convinta che gli omicidi hanno qualcosa a che fare con Luigi XIV», concluse Beaumont perplesso.

Françoise Bédélin si morse un labbro.

«Commissario, andrò dritta al punto così anche lei capirà. Come le dicevo, Luigi XIV era all'epoca il centro della vita di Versailles, il fulcro intorno a cui ruotavano alleanze, guerre, favori, disgrazie e un numero impressionante di amanti e favorite, che gli diedero una moltitudine di figli illegittimi che in seguito riconobbe. Una prassi tutt'altro che eccezionale adottata da molti altri sovrani prima di lui, fra cui il nonno Enrico IV, soprannominato anche 'le vert galant', il galante in verde. Ogni re di ogni tempo ha avuto le proprie favorite, ma credo che quelle del re Sole la interesseranno particolarmente...»

D'un tratto Beaumont si fece attento e tutt'orecchi. La responsabile dei restauri proseguì: «... Se ci limitiamo alle favorite più famose, quelle cioè con cui il monarca ha avuto una relazione quasi ufficiale, allora il numero si riduce a cinque. La prima fu Marie Mancini, nipote del cardinale Mazzarino. Marie fu il primo amore dell'allora ventenne Luigi, che voleva sposarla, ma fu costretto a rinunciarvi per ragioni di Stato e a prendere invece in moglie la cugina Maria Teresa, l'infanta di Spagna, così da sancire la pace fra i due paesi. Luigi ne uscì con il cuore in frantumi. Qualche tempo dopo però s'innamorò perdutamente di Louise de la Baume Le Blanc, duchessa de la Vallière, che divenne sua amante poco dopo le nozze e che gli diede quattro figli, fra cui Maria Anna di Borbone, prima nominata mademoiselle de Blois e poi principessa di Conti. Luigi era attratto dal suo romanticismo, dalla sua dolcezza e dalla sua avvenenza. La loro fu una passione che durò per anni, tanto che per proteggere il loro amore il re affidò a Francine la costruzione della grotta di Teti, un tripudio di conchiglie e cristalli di rocca in cui statue di marmo si divertono fra i giochi d'acqua. Questa grotta oggi non esiste più e al suo posto è sorta l'attuale cappella.»

Françoise Bédélin s'interruppe per qualche istante e guardò dritto negli occhi il commissario, che pendeva dalle sue labbra.

«Noto con piacere che inizia a capire. Allora, se permette, continuo. Quando il re si stufò delle dolci lacrime della troppo romantica Louise, posò lo sguardo su una donna bellissima, ma decisamente meno tenera: Athénaïs de Rochechouart de Mortemart, marchesa di Montespan, forse la più nota delle favorite di Luigi XIV. La de Montespan gli diede sette figli, tutti riconosciuti e dichiarati principi e principesse di sangue. Per lei fece costruire il Trianon di porcellana, un piccolo gioiello di architettura interamente ricoperto di maioliche che fu poi distrutto e sostituito con il Grand Trianon di oggi. La bella Athénaïs era spietata, con un orgoglio smisurato e non indietreggiava davanti a nulla per conservare il titolo di amante reale, con tutti i vantaggi che ne conseguivano. Fece un sol boccone della povera la Vallière e impiegò ogni mezzo a sua disposizione per sbarazzarsi delle rivali. Luigi XIV infatti, proprio come il nonno Enrico IV, era piuttosto sensibile al fascino del gentil sesso e così lei stava sempre attenta a tenerlo in propria balia, non esitando nemmeno a ricorrere alla magia nera. Si procurava ceneri che avrebbero dovuto rafforzare l'amore e il desiderio e le propinava al re a sua insaputa. Le polveri e gli intrugli che invece riservava alle rivali dovevano spedirle direttamente all'altro mondo. Ma non si può sperare di tenere sempre al guinzaglio un uomo della tempra di Luigi XIV, il quale finì per stufarsi della cattiveria, della boria e del sarcasmo di Athénaïs e s'incapricciò di una ragazzina di appena diciassette anni, Marie-Angélique de Scoraille de Roussille, demoiselle de Fontanges, dama d'onore della principessa Palatina, cognata del sovrano. Ormai oltre la soglia dei quarant'anni il sovrano s'innamorò perdutamente di quella piccola ingenua appena arrivata dalla campagna, tanto da arrivare a farla apparire in pubblico agghindata con nastri assortiti ai propri. A corte si diceva che fosse 'bella come un angelo' ma anche 'stupida come un'oca'. Nello stesso periodo si avvicinò anche a Françoise Scarron, la governante dei figli cui donò il marchesato di Maintenon. Pazza di gelosia la marchesa di Montespan amava ripetere: 'il re ha tre favorite: madame de Maintenon per il cuore, me per il buon nome e mademoiselle de Fontanges per il letto'. Quando quest'ultima morì per le complicazioni di un aborto che alcune voci attribuivano alla de Montespan, il re ripudiò definitivamente la marchesa, coinvolta addirittura nell'affare dei veleni, e alla morte della regina sposò in gran segreto madame de Maintenon.»

Françoise Bédélin fece una pausa e bevve qualche sorso d'acqua per placare la gola, secca dopo tanto parlare. Poi alzò gli occhi su Beaumont per osservarne la reazione. Il commissario era come pietrificato, ma il luccichio che aveva nello sguardo indicava che la mente era in pieno fervore.

«Allora, commissario, ha capito dove voglio arrivare? Le donne amate da Luigi XIV si chiamavano Marie, Louise, Athénaïs, Marie-Angélique e Françoise. E come si chiamano le vittime?»

Beaumont ebbe un brivido e chiuse gli occhi. Era come se all'improvviso tutti i pezzi del puzzle si collocassero al loro posto.

«Marie Métivier, Louise Salvi, Anaïs Charenton... e Angélique Portal...» mormorò come se stesse parlando fra sé e sé.

«Visto? Certo, c'è qualche piccola differenza dovuta ai secoli trascorsi. Athénaïs, per esempio, oggi è un nome quasi scomparso e si è trasformato in Anaïs, mentre Marie-Angélique si è semplificato in Angélique...»

«Anche i luoghi corrispondono. Louise Salvi è stata trovata nella cappella che, come mi ha appena detto, è stata costruita dove all'epoca si trovava la grotta di Teti, luogo in cui il re incontrava Louise de la Vallière. Luigi XIV aveva fatto costruire il Trianon per Athénais de Montespan, ed è lì che abbiamo ritrovato il cadavere di Anaïs Charenton. E poi, come mi ha raccontato, si diceva che il sovrano volesse Marie-Angélique de Fontanges per i piaceri del letto, ed è lì che abbiamo trovato Angélique Portal... Ha ragione, ora è tutto chiaro, per non dire evidente...»

Françoise Bédélin sospirò.

«Può darsi anche che mi sbagli, e non sa quanto vorrei che fosse così...»

«Ma sta scherzando? Proprio adesso che mi ha svelato il filo conduttore di queste morti?!» esclamò il commissario sussultando.

«Non è questo... È che, se ho ragione...»

S'interruppe e gli fece un sorriso colmo di tristezza. Beaumont capì e rimase in silenzio.

«Il pamphlet che ho ricevuto... E poi il fatto che mi chiamo Françoise... Molto probabilmente per l'assassino io rappresento madame de Maintenon. E quindi sono la prossima della lista.»

9

Subito dopo aver lasciato la Bédélin, il commissario si sentiva in preda all'eccitazione. Tornò in ufficio e informò Maurel di quanto aveva appena scoperto.

«Beaumont, la prima cosa da fare è mettere sotto stretta sorveglianza la signora Bédélin. Se è davvero la prossima vittima predestinata del nostro uomo, allora riusciremo a prenderlo con le mani nel sacco. La faccia seguire 24 ore su 24 e metta due uomini fissi davanti a casa sua.»

«È proprio quello che volevo fare. Ho tutta l'intenzione di impedire all'assassino di completare l'opera. Quella che ci ha fornito è un'ipotesi più che plausibile. Tutto torna. A quanto pare il nostro amico è molto interessato alla vita di Luigi XIV e uccide donne che ne rappresentano le amanti. Dalla descrizione che me ne ha fatto la signora Bédélin ho potuto constatare anche una certa somiglianza fisica con le vittime. Marie Mancini, di origine italiana, era bruna con gli occhi neri, proprio come Marie Métivier, la prima vittima. Louise de la Vallière, la prima amante ufficiale del re dopo il matrimonio, era bionda con gli occhi pervinca, proprio come Louise Salvi, la seconda vittima. Madame de Montespan era anche lei bionda con gli occhi azzurri, proprio come Anaïs Charenton, che abbiamo rinvenuto al Trianon. Quanto a Marie-Angélique de Fontanges, l'incredibile bellezza la accosta ad Angélique Portal, la vittima ritrovata questa mattina. Ci rimane pochissimo tempo per trovare l'assassino. Proprio come pensavo, conosce alla perfezione i luoghi tanto sul piano storico quanto su quello spaziale, e inoltre sappiamo che è in possesso di un mazzo di chiavi e conosce il codice dell'allarme. Ormai è chiaro che dobbiamo cercare il colpevole all'interno della reggia stessa. Questo pomeriggio torchierò tutti i membri del personale e, mi creda, se qualcuno sa qualcosa, lo farò parlare!» esclamò Beaumont con veemenza.

«Non è riuscito a ricavare nessuna informazione da quella lettera? Da dov'era stata spedita, per esempio?»

«Niente timbro. Probabilmente è stata depositata nella cassetta delle lettere della signora Bédélin.»

«Sì... ha sicuramente ragione...» rispose Maurel, pensieroso. «Ha ricevuto i rapporti della scientifica e del medico legale in merito ad Angélique Portal? Sono riusciti a rilevare qualche traccia che possa aiutarci a identificare l'assassino?»

«Purtroppo no. Ancora nessuna impronta, né elementi che permettano di risalire al DNA dell'assassino. Non credo che vi sia qualche speranza al riguardo. Abbiamo a che fare con qualcuno di estremamente prudente.»

«Dobbiamo comunque sperare che commetta un errore...» borbottò Maurel. «Ma mi dica, Beaumont, e il comandante Massart in tutto ciò? È riuscito a rintracciarlo?»

«Ho tentato più volte di chiamarlo sul cellulare, ma ho sempre trovato la segreteria telefonica. Ho lasciato diversi messaggi, ma lui non mi ha richiamato. Anche a casa non risponde nessuno.»

«Il suo atteggiamento è stato a dir poco sconcertante...» riprese Maurel. «Tanto per cominciare, è innegabile che Massart non abbia molto feeling per le donne. Direi anzi che non ne ha affatto. E per una volta che ne frequenta una, viene assassinata! Deve ammettere che è una strana coincidenza! Inoltre, vi è il punto di vista di quello psicocriminologo. Da quanto mi ha detto, ha descritto l'assassino come qualcuno che prova odio verso le donne, probabilmente per via di un trauma vissuto a causa di una di loro. Secondo lui, è per questo che si vendicherebbe sulle sue vittime. Non so che cosa il comandante nasconda nel suo passato, ma quel che è certo è che corrisponde a questo profilo. Lo sa benissimo anche lei, Beaumont, è un vero misogino! Tutti qui potranno confermarlo. Non perde un'occasione per manifestare apertamente il suo disprezzo per le donne. Crede che non abbia notato gli sguardi che mi lanciava quando assisteva per caso ai litigi tra me e mia moglie? E lei? Ho notato, sa, il modo in cui la squadrava quando se la intendeva con quella piccola impiegata, bellissima ragazza tra l'altro. E come se tutto ciò non bastasse, ha proclamato forte e chiaro che era colpa sua se Angélique Portal era morta! L'ha sentito anche lei! E poi, ha visto com'era sconvolto?»

«Forse non ha gradito che lei gli desse del misogino davanti a tutti...» disse Beaumont in tono neutro, «soprattutto perché sembrava sinceramente disperato per la morte di quella ragazza...»

«Sciocchezze! Massart non può essere addolorato per la morte di una donna! Le disprezza tutte!».

Udendo quelle parole, Beaumont ripensò alla reazione del proprio collaboratore dopo la morte di Anaïs Charenton, la terza vittima. Si sentiva ancora risuonare nelle orecchie la frase che lo aveva tanto scioccato: «Non era granché furba... Dopotutto era una donna!» Effettivamente, era difficile concepire che un uomo con idee simili fosse capace di piangere sinceramente la morte di una donna. Senza rendersene conto, Beaumont aveva aggrottato le sopracciglia e il suo viso si era accigliato.

«Lo vede!» fece Maurel come se gli leggesse nel pensiero. «Sa perfettamente che ho ragione! Quindi la soluzione è una sola. Forse Massart non ha nulla a che vedere con questa storia, e il fatto che abbia frequentato quella ragazza può essere una semplice coincidenza, d'accordo, ma la sua reazione di questa mattina... faccio davvero un'enorme fatica a credere che tenesse a lei a tal punto da essere così sconvolto... Allora che cosa dobbiamo pensare? Era tutta una messinscena? Dobbiamo considerarlo sospetto? Potrebbe nascondere dentro di sé lo psicopatico spinto al crimine dal suo odio verso le donne? In tutta sincerità, che cosa ne pensa, Beaumont?»

«Penso che non dovremmo trarre conclusioni affrettate prima di aver avuto una discussione con il comandante», rispose con calma il commissario. «Farò il possibile per rintracciarlo prima della riunione di oggi pomeriggio al castello.»

«Sì...» borbottò Maurel in tono dubitativo. «A meno che non abbia delle buone ragioni per darsela a gambe...»

«Signor commissario, ancora una volta, evitiamo i giudizi avventati. Ammetto che la situazione di Massart ha bisogno di essere chiarita e che diversi elementi giocano a suo sfavore. Ma a parte questo, resto convinto che l'assassino sia strettamente legato alla reggia di Versailles e alla sua storia. Le sue azioni e la sua messinscena dimostrano che è perfettamente al corrente dei dettagli della vita di Luigi XIV e che conosce quei luoghi come le sue tasche. E non penso che questo sia il caso di Massart. Se così fosse, l'ha sempre ben nascosto!»

«Ma insomma, ha sicuramente un qualche legame con questa storia!» esclamò il commissario di divisione. «Altrimenti, perché avrebbe detto che era responsabile della morte di questa Angélique Portal?»

«Non ne ho idea. Ma stia pur certo che è la prima domanda che gli farò quando l'avrò ritrovato!»

Beaumont cercò di mettersi in contatto con il comandante almeno una ventina di volte senza alcun successo. Decise così di recarsi alla reggia di Versailles dove era stato convocato il personale. Qui infatti trovò riuniti nella galleria degli specchi tutti i dipendenti, da Evrard sino ai giardinieri, agli architetti, ai restauratori e ai conservatori. Non fece in tempo a entrare nella sala che gli si avvicinò Rodolphe Grancourt. L'architetto sembrava furioso.

«Allora, che cosa significa tutto ciò? Credete che non abbia di meglio da fare che assistere alle vostre piccole adunanze? Ho lavori molto importanti che mi aspettano. Non ho tempo per voi!» Beaumont lo fissò.

«Vorrei consigliarvi di restare con noi, signor Grancourt. Ho cose molto importanti da dire a tutti voi. Ma se preferite andarvene, sicuramente avrete una buona ragione per farlo...»

«Che intende dire?» sbottò Grancourt seccamente.

«Be', non avrà qualcosa da nascondere...» mormorò Beaumont con un sorriso soave.

Grancourt soffocò un'esclamazione di rabbia ma il furore gli imporporò le guance.

«Come osa parlarmi in questo modo?» urlò. «Non starà per caso insinuando che ho qualcosa a che vedere con tutto questo?»

«Non ho detto nulla del genere, signor Grancourt. Però, se ha la coscienza tranquilla, perché si rifiuta di farsi interrogare?»

«Perché è troppo facile!» esclamò Grancourt. «Verrà ad assillarci facendoci le stesse stupide domande ogni volta che si ritroverà ad avere a che fare con un cadavere? Perché se è così, visto come si mettono le cose, credo che la vedremo spesso!»

Ignorando il sarcasmo, Beaumont lo guardò fisso.

«Avrò bisogno di una descrizione molto dettagliata delle sue attività nelle sere in cui hanno avuto luogo gli omicidi, signor Grancourt. Lo stesso vale per tutte le persone qui presenti», aggiunse voltandosi verso gli altri dipendenti. «I miei uomini vi interrogheranno individualmente, e vi prego di dire loro tutto ciò che potrebbe esserci d'aiuto.» Rodolphe Grancourt lo squadrò con disprezzo.

«Perché crede davvero che è fra di noi che troverà il colpevole?» fece, sprezzante.

«Signor Grancourt, conosce il codice dell'allarme della reggia?» ribatté a tono Beaumont.

L'architetto restò un attimo disorientato prima di rispondere seccamente di no.

«Be', l'assassino, invece, lo conosce. Così come conosce alla perfezione questo luogo. Oltre a possederne le chiavi, e sufficienti informazioni da essere riuscito a eludere la sorveglianza... Allora, cercherò di essere molto chiaro...» aggiunse lasciando vagare lo sguardo sui presenti. «Cercate tutti di ricordare attentamente i più piccoli dettagli. Per caso qualcuno di voi può essersi lasciato involontariamente sfuggire informazioni utili per l'assassino sul sistema di sorveglianza del castello? Per quanto riguarda le chiavi, so di aver già posto la domanda a coloro che ne possiedono un mazzo, tuttavia, li prego ancora di riflettere se non esista una possibilità, anche remota, che qualcuno abbia preso le loro chiavi senza che se ne accorgessero. Signor Evrard», aggiunse voltandosi verso il direttore, «quali sono le persone che conoscono il codice dell'allarme?»

Evrard gli rivolse uno sguardo vacuo.

«Soltanto io e il signor Monturo», rispose con voce monocorde.

«È proprio sicuro di non averlo mai comunicato a nessuno? O di non averlo scritto da qualche parte dove un individuo mal intenzionato avrebbe potuto prenderne conoscenza? Neanche lei, signor Monturo?»

I due uomini si scambiarono uno sguardo e risposero di no.

«Dal momento che l'allarme è inserito solo di notte, era inutile darne il codice ai pochi altri che possiedono le chiavi della proprietà per ragioni professionali. E l'unico documento scritto che menziona quel codice si trova nella mia cassaforte personale», precisò il signor Evrard. «E posso assicurarle che nessuno all'infuori di me vi ha accesso!» Beaumont sospirò.

«Bene, allora il mistero resta intatto. Tuttavia, l'assassino deve pur essere venuto a conoscenza di quel codice in un modo o nell'altro...» fece squadrando i due uomini con insistenza.

Il signor Evrard sostenne il suo sguardo e avanzò verso di lui.

«Come sta il suo collaboratore, commissario? Vedo che in questo momento non è tra noi. È riuscito a sapere perché, secondo lui, la vittima di questa mattina è morta per colpa sua?»

Beaumont squadrò sorpreso il direttore. Chi avrebbe mai creduto che quell'ometto, che sembrava sul punto di tirare le cuoia, fosse capace di un simile colpo basso? A quanto pareva, sentiva pesare su di sé e sul suo personale i sospetti di Beaumont, e sceglieva di attaccare invece di difendersi.

«Non penso che i problemi personali dei nostri uomini la riguardino, signor Evrard», rispose freddamente. «Si limiti a rispondere alle domande che le vengono poste.»

«Ah, se è per questo, si può dire che fare domande è il suo forte!» intervenne nuovamente Rodolphe Grancourt. «Si aggira continuamente 'come una chioccia alla ricerca dei suoi pulcini', se posso permettermi.» Ma a quanto pare, le sue indagini non impediscono all'assassino di proseguire la sua opera!»

«Come sa che l'assassino persegue uno scopo preciso?» domandò Beaumont guardandolo fisso. «Non pensa che si tratti di un pazzo che uccide semplicemente perché ne sente il bisogno?»

Grancourt restò in silenzio per qualche secondo prima di alzare le spalle.

«Come vuole che lo sappia? Era tanto per dire! Volevo solamente farle notare che nonostante le sue cosiddette ricerche, l'assassino continua a uccidere. Ma forse è perché lei ha qualcosa di meglio da fare che svolgere correttamente il suo lavoro...» insinuò con aria malevola.

«Che intende dire con questo?» domandò Beaumont nello stesso tono.

«Semplicemente che quando lei è qui, sembra più occupato a fare la corte alle belle fanciulle che a procedere nella sua indagine!»

Beaumont si fece vicinissimo all'architetto e lo fissò negli occhi. I due uomini si affrontarono con lo sguardo senza una parola. Si sarebbe sentita una mosca volare nella Galleria degli Specchi. All'improvviso, lo squillo del cellulare di Beaumont ruppe il silenzio. Rispose senza staccare gli occhi da Grancourt.

«Commissario Beaumont, chi parla?»

«Commissario, sono il tenente Lassale. Abbiamo una novità sul caso dell'aggressione alla stazione di servizio. Abbiamo trovato una pista e ottenuto il nome dell'uomo che è sicuramente il colpevole. Io e Grandier stiamo andando da lui»

«Ottimo lavoro, tenente. Mi richiami appena l'avrà trovato. Voglio assolutamente essere tenuto al corrente.»

«D'accordo, commissario.»

Dopo aver messo giù, Beaumont voltò le spalle a Rodolphe Grancourt e si diresse verso la sua squadra a cui diede l'incarico di ascoltare i testimoni presenti. Poi si avvicinò al commissario di divisione Maurel e lo informò di ciò che aveva appena saputo.

«Ma è un'eccellente notizia!» esclamò quest'ultimo. «Se Lassale e Grandier sono davvero riusciti a stanare il responsabile dell'aggressione, l'uomo con la MAS G1, ci sono buone probabilità che sia anche il nostro assassino!»

«Lo spero, in ogni caso... » replicò Beaumont, pensieroso.

Il suo telefono squillò di nuovo. Rispose pur continuando a riflettere.

«Commissario, sono Massart...» Beaumont si irrigidì improvvisamente.

«Dove si trova?» domandò semplicemente.

«In un bar, vicino all'ufficio. Si chiama *Les Amis*. Io... vorrei parlarle, commissario. Le devo spiegare...»

«Non si muova, la raggiungo subito», rispose Beaumont in un tono che non ammetteva repliche.

Mise giù e disse qualche parola all'orecchio di Maurel. Questo annuì con un cenno del capo in segno di approvazione. Beaumont cercò con gli occhi Marie. La scorse in fondo alla galleria, in compagnia della signora Bédélin e di altri membri dell'équipe di restauro. Le rivolse un cenno della mano discreto al quale lei rispose con un sorriso, e uscì rapidamente.

Massart era seduto a un tavolino all'aperto davanti a un bicchiere di birra, con lo sguardo perso nel vuoto. Aveva proprio una brutta cera e i gesti tradivano il suo nervosismo. Quando vide Beaumont, sussultò, poi si irrigidì. Il commissario si avvicinò e si sedette di fronte a lui.

«Che succede, Massart? Insomma, vuole spiegarmi il suo atteggiamento?» domandò semplicemente.

Il comandante abbassò gli occhi e incrociò le dita nervosamente.

«Commissario... Innanzitutto ci tengo a dirle che non gliene vorrei se pensasse che sono io il killer di Versailles. Io... ricordo perfettamente ciò che le ha detto Jaquetti riguardo al profilo dell'assassino. Ha affermato che si trattava di un uomo che prova un forte odio verso le donne, un misogino insomma. Io so di esserlo. L'ha sicuramente notato in diverse occasioni, generalmente non ho una grandissima stima delle donne... Me l'ha persino fatto notare una volta, si ricorda? Riguardo alla terza vittima, Anaïs Charenton...»

«Mi ricordo», rispose con calma Beaumont.

«Lo ammetto, commissario. Riconosco di aver avuto nei loro confronti un comportamento piuttosto sconveniente. Ma ho le mie buone ragioni...»

«Se ricordo bene», ribatté il commissario, «Christian Jaquetti aveva detto che un fortissimo odio verso le donne poteva trovare una spiegazione nel passato di colui che lo provava. È il suo caso, Massart?»

Si lesse la sofferenza nello sguardo del comandante. Rimase un istante in silenzio prima di rispondere.

«Commissario, quand'ero giovane ero piuttosto timido e anche molto sensibile. Non avevo una grande esperienza con le donne, e non avevo nemmeno molto successo con loro. Un giorno, ho conosciuto una ragazza splendida. Si chiamava Natasha. Nemmeno nei miei sogni più folli osavo sperare che posasse gli occhi su di me. Mi accontentavo di divorarla con lo sguardo, di nascosto. E poi un giorno, è avvenuto il miracolo. Mi ha avvicinato e mi ha fatto capire che aveva voglia di uscire con me. Mi sembrava di galleggiare su una nuvoletta. Abbiamo cominciato a vederci regolarmente, e ogni giorno che passava faceva di me un uomo sempre più innamorato. Pensavo addirittura di chiederle di diventare ufficialmente la mia fidanzata. La mia famiglia, in compenso, disapprovava questa relazione. I miei genitori, così come mia sorella e mio cognato, trovavano Natasha superficiale ed egoista. Conoscendo la mia sensibilità, temevano che mi facesse soffrire. Ma io ero così felice che respingevo le loro preoccupazioni con un'alzata di spalle, ed ero sicuro che l'avrebbero apprezzata quando l'avessero conosciuta meglio. Mi facevo in quattro per lei. Le davo tutto ciò che voleva, mi piegavo a ogni sua minima esigenza, insomma, avrei dato la vita per lei. E poi un giorno...»

Gli si spezzò la voce e bevve un sorso di birra.

«Un giorno sono capitato a casa di mia sorella all'improvviso. Avevo finito di lavorare prima del previsto e volevo chiederle in prestito un libro di cui mi aveva parlato. Quando ho suonato alla porta, non ha risposto nessuno. Dal momento che mia sorella mi aveva detto che l'avrei trovata lì, ho fatto il giro della casa e ho guardato attraverso le finestre per cercare di intravederla. E a quel punto... ho visto mio cognato... faceva l'amore appassionatamente con una donna sul divano del salotto, una donna che non era mia sorella... Quando lei ha voltato la testa, ho riconosciuto Natasha. Anche lei mi ha visto, e tutt'altro che imbarazzata, è scoppiata a ridere! Sì, ha riso!» esclamò addolorato prendendosi la testa fra le mani. «Puttana! Mio cognato è uscito e ha tentato di farfugliare qualche spiegazione inutile, mentre lei invece stava in piedi nel vano della porta e non si era nemmeno presa la briga di rivestirsi. E rideva, rideva ancora!» gemette stringendo i pugni. «Me ne sono andato come un automa. La sera stessa ho raccontato tutto a mia sorella. Lei è crollata e ha deciso seduta stante di chiedere il divorzio. Ma il giorno dopo l'hanno trovata impiccata al ciliegio del giardino... Non aveva retto...»

Massart chiuse gli occhi. Aveva il volto livido.

«Sono stato sul punto di imitarla. Solo la disperazione dei miei genitori mi ha impedito di farlo. Non potevo dar loro questo dolore. Così mi è toccato convivere con tutto ciò. Ma questa storia mi ha fatto capire che genere di creature fossero le donne: corrotte, senza cuore né anima, brave unicamente a umiliare gli altri. Così ho giurato a me stesso che non mi sarebbe mai più accaduto. E ho cominciato a odiarle tutte, nessuna esclusa. Quando il mio comportamento feriva una di loro, ero felice. Volevo che soffrissero come avevo sofferto io...»

Beaumont restò un istante in silenzio e posò la mano sulla spalla di Massart.

«E Angélique Portal?» chiese con gentilezza.

Il comandante ingoiò un singhiozzo e chiuse gli occhi.

«Be', lei era... diversa. Così dolce, gentile, e comprensiva. Una persona davvero disposta ad ascoltarti. L'ho conosciuta parecchi mesi fa ma ci è voluto un po' prima che fra noi nascesse qualcosa. Un passettino alla volta è riuscita a sconfiggere la mia diffidenza e a fare piazza pulita dei fantasmi del passato. Era una donna davvero eccezionale...»

«Perché questa mattina ha detto di essere responsabile della sua morte?»

Massart fece una smorfia di dolore e la sua espressione s'indurì ancora.

«Perché è vero... Sono sicuro che la morte di Angélique è la punizione per il mio modo di fare con le donne. Sono stato così odioso, così testardo nel voler vedere in ognuna di loro un mostro simile a Natasha che di certo ne ho fatte soffrire molte. E quando finalmente sono riuscito a innamorarmi di nuovo, il destino mi ha tolto Angélique. È la punizione per essere stato così stupido...»

Beaumont non riusciva a trovare le parole per confortare il comandante e aiutarlo a superare un momento tanto difficile, così decise di mettergli un braccio intorno alle spalle, in un gesto che voleva essere rassicurante.

«Mi faccia guardare a vista, commissario. So benissimo che contro di me ci sono indizi decisamente probanti. Faccia quello che deve, non le porterò rancore per questo...»

«Comandante», esordì Beaumont guardandolo dritto negli occhi, «è stato lei a uccidere Angélique Portal?»

Massart levò verso di lui uno sguardo bagnato di lacrime.

«No, commissario... Le giuro che non sono stato io a ucciderla. Io... io l'amavo. L'amavo con tutto il cuore. E ora che è morta non mi rimane più niente. Più niente...»

«Le credo. L'istinto mi dice che è sincero.»

Il comandante lo guardò con riconoscenza, ma subito si rabbuiò.

«La ringrazio per la fiducia che ha in me, commissario... È sempre stato un tipo a posto. Però so che Maurel e tutti gli altri non la penseranno allo stesso modo...»

«Di questo non si deve preoccupare. Mi rimarrà incollato addosso fin quando non avremo acciuffato il vero colpevole. Garantisco io per lei. E per quanto riguarda il suo senso di colpa per Angélique, per favore, se ne sbarazzi. Non si tratta di una punizione divina, quanto dell'opera di un pazzo che ha visto in lei una delle favorite di Luigi XIV. L'unico torto di quella poverina era di chiamarsi Angélique e di avere gli occhi azzurri, i capelli biondi e un viso d'angelo... Quel criminale l'ha scambiata per Marie-

Angélique de Fontanges, una delle ultime amanti del Re Sole.»

Massart lo guardò attonito.

«Ma... cosa sta dicendo?»

Beaumont lo mise allora al corrente di ciò che la signora Bédélin gli aveva spiegato.

«Come vede, il nostro uomo è molto influenzato dalla storia di Luigi XIV e nessuno mi toglie dalla testa che abbia un legame con la reggia. Sento di essere vicino alla soluzione ma ancora mi manca il tassello fondamentale. Senza questo, il puzzle rimane incompleto, ma forse la pista del rapinatore della stazione di servizio mi aiuterà a trovarlo. Non so ancora di che cosa si tratti esattamente, ma devo assolutamente scovarlo!»

Un cellulare prese a suonare. Il commissario si frugò in tasca e rispose.

«Commissario Beaumont.»

«Commissario, sono Lassale. L'abbiamo preso. La pista di cui le ho parlato era quella giusta! Io e Grandier siamo riusciti a metterlo al fresco. Che fa, viene?»

«Perfetto. Arrivo subito.»

Si alzò e fece segno a Massart di seguirlo.

«Lassale e Grandier hanno preso il rapinatore della stazione di servizio di Corbeil. Chissà, forse finalmente abbiamo messo le mani sull'assassino. Andiamo.»

Beaumont aprì la stanza del proprio ufficio e vi trovò Lassale ad attenderlo.

«Mi sono permesso di aspettarla qui. Quel tipo si è

dimenato come una furia, ma appena siamo arrivati qui non c'è più stato verso di cavargli una parola di bocca. Spero che lei sappia essere più persuasivo di noi due. Una cosa però è certa: è lui il rapinatore della stazione di servizio.»

«Ma come ha fatto a prenderlo? Due anni fa le indagini sono state interrotte per mancanza di indizi, il caso dichiarato insoluto, e adesso arriva lei ed ecco che salta fuori il colpevole. Mi dica, è lei un genio oppure i colleghi di Evry sono degli emeriti incompetenti?»

«Devo ammettere che siamo stati aiutati dalla fortuna», ammise Lassale sorridendo. «Sa, uno di quegli aiutini della sorte che all'improvviso ti fanno trovare la pista giusta. Dunque, tre giorni fa io e Grandier ci trovavamo su una strada qui vicino quando ci siamo accorti di essere in riserva. Allora ci siamo fermati alla prima stazione di servizio per fare il pieno. Mentre io pagavo, il collega ha notato una donna piuttosto carina ma anche volgarotta che se ne stava seduta poco lontano. Aveva i capelli biondo platino, un trucco davvero pesante e una minigonna. Insomma, sembrava una prostituta in attesa di clienti. Aveva l'aria nervosa, come se stesse aspettando qualcuno o qualcosa. Be', sa com'è fatto Grandier, non si lascia mai sfuggire l'occasione di fare il cascamorto. Siccome la trovava molto carina, quando siamo ripartiti l'ha salutata. Dopo neanche un'ora alla radio hanno segnalato che avevano rapinato proprio quella stazione. S'immagini come ci siamo rimasti. Ovviamente abbiamo subito girato la macchina e siamo tornati indietro per aiutare i colleghi della polizia locale. È stato allora che Grandier mi ha fatto notare che la donna non c'era più. Abbiamo interrogato tutti i testimoni ma nessuno aveva visto la faccia del malvivente perché indossava un passamontagna. Uno però aveva notato che impugnava l'arma con la sinistra, un altro aveva visto la prostituta che se ne andava poco prima del fatto. A quel punto mi sono ricordato che sembrava proprio che stesse sorvegliando la zona e mi sono detto che forse aveva fatto da palo. Allora siamo tornati a Corbeil per interrogare di nuovo il benzinaio. Per prima cosa gli abbiamo chiesto se fosse in grado di dirci con quale mano l'aggressore impugnava l'arma. Quello ci ha pensato un attimo e poi ha risposto che gli sembrava di ricordare fosse la sinistra, ma che non ne era sicuro. Poi gli ho parlato della donna che sembrava una prostituta, sottolineando che si comportava in modo strano e che un testimone l'aveva vista allontanarsi poco prima della rapina. Grandier poi gli ha fatto una descrizione dettagliata ma, detto fra noi, usando termini che è meglio non ripetere, e allora il benzinaio si è ricordato un particolare. Poco prima del fatto aveva sentito un po' di trambusto ed era uscito a controllare. Lì vicino aveva visto una donna bionda. Due uomini in moto stavano cercando di rimorchiarla in modo piuttosto insistente e lei aveva un'espressione terrorizzata, così il benzinaio era intervenuto dicendo a quei due di lasciarla in pace. Quando quelli se n'era andati, la donna si era allontanata senza neanche ringraziarlo e dopo neanche un quarto d'ora era arrivato il rapinatore. In breve, se si tratta della stessa donna, allora si è trovata per due volte sul luogo dove stava per compiersi un'aggressione. Poteva anche darsi che si trattasse di una conseguenza, ma ci siamo detti che era meglio approfondire la faccenda.»

«A quanto pare per una volta le manie da casanova di Grandier si sono rivelate decisamente utili!» commentò Beaumont divertito.

«Può proprio dirlo! Abbiamo avvertito tutte le stazioni di polizia della zona e diramato l'identikit della donna dicendo che si trattava di una prostituta. Ed è stato a questo punto che abbiamo avuto una botta di fortuna incredibile: alcuni colleghi hanno fatto una retata nei quartieri caldi e hanno notato che una delle signore presenti assomigliava decisamente alla descrizione. Quando hanno cercato di parlarle, quella è scappata, segno che qualcosa doveva sapere. Per fortuna sono riusciti a prenderla e ci hanno avvertiti. Si chiama Jeanne Marceau. Siamo andati subito a verificare e ci siamo portati dietro il benzinaio. Era proprio la stessa donna che avevamo visto io e Grandier, e anche il benzinaio l'ha identificata. All'inizio ha cercato di negare, ma quando l'abbiamo minacciata di spedirla al fresco per complicità è scoppiata a piangere e ha confessato. L'autore di entrambe le rapine era il suo uomo, un certo Franck Silva, che entrambe le volte l'aveva fatto per pagare debiti di gioco. Il suo compito era di andare in ricognizione e controllare la zona. Grandier ha fatto subito una ricerca su Silva e ha visto che aveva dei precedenti, quasi tutti per rapina a mano armata. La donna ci ha dato l'indirizzo e siamo andati di filato a prenderlo. Le dirò che non è stato per niente un gioco da ragazzi. L'amico ha il grilletto facile, ma alla fine siamo riusciti a beccarlo!»

«Lassale, avete fatto davvero un ottimo lavoro!

Avete chiuso il caso in maniera davvero eccezionale e le assicuro che non mancherò di informare il commissario di divisione. Ma, tornando a noi, dov'è adesso questo Franck Silva? Non vedo l'ora di conoscerlo...» concluse il commissario ironico.

Aprendo la porta della cella, Beaumont si sentiva più che mai impaziente. L'istinto gli diceva che era vicino all'epilogo della vicenda. L'uomo seduto sulla panca era sulla quarantina e aveva un volto impassibile, eccezion fatta per il panico che gli illuminava lo sguardo e che il commissario notò subito. Gli si sedette di fronte.

«Allora, signor Silva, ci divertiamo ad arrotondare rapinando le stazioni di servizio, eh?» esordì diretto.

L'altro serrò i pugni minaccioso, ma gli occhi continuavano a tradire un'apprensione crescente.

«Non so di cosa stia parlando! Io non ho rapinato nessuna stazione di servizio! È una calunnia!»

«Silva, la avverto che è inutile», replicò pacato Beaumont.

«Cosa? Cosa è inutile?»

«Tutta questa commedia... Sta solo perdendo il suo e il mio tempo. È inutile negare, è stata la sua complice a denunciarla. Sa, Jeanne Marceau, quella che mandava a sorvegliare la zona prima di passare all'azione...»

Franck Silva impallidì.

«Quella puttana!» esclamò poi fra i denti.

«Ahi, ahi, che linguaggio! Suvvia, sia più cortese! Sarò diretto: lei ha ucciso un uomo, perciò adesso può scegliere se incaponirsi a negare, e allora stia pur certo che uscirà di qui solo quando sarà molto, molto vecchio, oppure aiutarmi e collaborare, e allora io aiuterò lei.»

«E cioè?»

Aveva ancora un atteggiamento aggressivo, tuttavia Beaumont capì dal tono con cui l'aveva chiesto che era interessato all'offerta.

«Cioè che se ammetti di aver derubato due stazioni di servizio, una due anni fa e una l'altro ieri, e mi racconti tutta la verità, io farò in modo che tu abbia una condanna più leggera. Per esempio, potresti dire che due anni fa non avevi alcuna intenzione di uccidere quell'uomo, che sei andato nel panico e hai premuto il grilletto, ma che si è trattato solo di un incidente. In questo modo saresti accusato di omicidio involontario...»

«E se mi rifiuto?»

Beaumont si chinò verso di lui e lo fissò dritto negli occhi.

«In questo caso il capo di accusa diventerebbe omicidio premeditato. E ti assicuro che farò tutto quanto è in mio potere perché tu non riveda mai più la luce del sole!»

Silva rimase ammutolito e sgomento per qualche istante.

«Se accetto, mi troverà un buon avvocato per provare che è stato un incidente?» si decise infine a chiedere. «Che poi è la verità! Non avevo mica intenzione di usarla, la pistola, ma quello stupido non mi ha dato scelta, voleva saltarmi addosso e allora ho premuto il grilletto istintivamente, senza pensarci...»

«Oh, bene, vedo che siamo sulla buona strada. E adesso dimmi: che ne hai fatto dell'arma? Ce l'hai ancora tu?»

Silva gli lanciò un'occhiata sospettosa.

«Perché lo chiede?»

«Non sono affari tuoi! Accontentati di rispondere.»

«Non ce l'ho più...» disse con tono esitante.

«Ma davvero? E ne sei proprio certo?»

«Ovvio che sì!» gridò Silva rabbioso. «Perché mentire dopo che ho ammesso le rapine?»

«Forse per nascondere il fatto che te ne sei servito altre volte... Era una MAS G1, vero? Bella pistola...»

Franck Silva divenne paonazzo di rabbia.

«Ma cosa sta cercando di dire? Non basta l'ammissione delle rapine a quelle fottute stazioni di servizio? Adesso vuole appiopparmi altri omicidi? Ho detto che non ce l'ho più! Me ne sono liberato due anni fa, subito dopo aver ammazzato quel tipo!»

«E come hai fatto?»

«Ma a lei cosa interessa? L'importante è che ho confessato, no?»

«Caro Silva, quello che voglio è assicurarmi che negli ultimi tempi tu non abbia portato le chiappe dalle parti della reggia di Versailles. Sono sicuro che hai sentito parlare delle donne che ci sono state uccise, vero? Be', figurati che la perizia balistica non lascia ombra di dubbio: quegli omicidi sono stati commessi con la stessa arma che ha ucciso alla stazione di servizio. Ovvero, la tua pistola...»

* * *

Silva non controbatté e tacque per qualche secondo, poi alzò lo sguardo verso il commissario.

«L'ho rifilata a un tizio che conosco in cambio di un'altra. È uno che sa come si trattano la armi sottobanco. Avevo fretta di liberarmi della MAS G1 proprio perché quel tipo era morto...»

«E il nostro caro trafficante di armi da fuoco si chiama...?»

«Rodriguez... Joseph Rodriguez detto Jojo la rivoltella», rispose Silva abbassando la testa. «Di solito bazzica dalle parti del bar *Quatre saisons* in boulevard Barbès...»

Terminato l'interrogatorio, Beaumont si recò nell'ufficio del commissario di divisione Maurel per metterlo al corrente degli ultimi sviluppi.

«Questo Silva ha ammesso di aver usato l'arma che cerchiamo durante la rapina che ha commesso due anni fa ma, se è vero che poi se n'è subito sbarazzato e l'ha venduta a questo Jojo la rivoltella, allora non è lui il serial killer di Versailles. Questa sera andrò al bar che mi ha indicato e vedrò di mettere le mani su questo tizio. Massart verrà con me.»

«A proposito del comandante, è venuto da me mentre lei si occupava di Silva e mi ha spiegato le ragioni del suo comportamento e che lei avrebbe garantito per lui. È vero?»

«Sì, è vero. Sono convinto della sua sincerità e credo non abbia nulla a che fare con questa storia.»

«D'accordo, Beaumont, mi fido di lei. Comunque vorrei che non lo perdesse mai d'occhio... Ah, ecco: la informo che mi sono occupato io di organizzare la sorveglianza 24 ore su 24 di tutti coloro che possiedono le chiavi della reggia, e in particolare farò tenere sotto stretto controllo quell'architetto così antipatico. Ora che siamo sicuri del legame che unisce l'assassino a quel posto non ho intenzione di lasciare che nessuno di loro muova un dito senza esserne informato. Prevenire è meglio che curare! Ovviamente Françoise Bédélin è la più sorvegliata di tutti. Se davvero è la prossima vittima designata dell'assassino, allora dobbiamo essere certi che non corra alcun rischio!»

«Ha ragione, signor commissario, e incrociamo le dita!»

Beaumont tornò nel proprio ufficio, dove l'attendeva il comandante.

«Massart, questa sera è mio ospite. Le offro un bicchiere al bar *Quatre saisons* in un bellissimo quartiere, Barbès!»

Il comandante ascoltò il racconto del commissario con una smorfia.

«In poche parole, se troviamo questo Rodriguez e riusciamo a farci dire a chi ha rivenduto la MAS G1 di Silva, praticamente sarebbe come aver già messo le mani su quel criminale...» concluse.

«Esatto. Per questo non c'è un istante da perdere.»

«A proposito, commissario... Mentre interrogava il sospettato sono andato nell'ufficio di Maurel e...»

«Non si preoccupi, lo so già. Discorso chiuso», tagliò corto Beaumont.

«La ringrazio. Poi volevo dirle anche che mi sono

preso la libertà di comunicare a Christian Jaquetti le informazioni che ha avuto dalla Bédélin riguardo alle amanti di Luigi XIV. Ristudierà il profilo in funzione di questi nuovi elementi. Potrebbe esserci d'aiuto, che ne dice?»

«Che ha fatto benissimo. Anzi...» aggiunse esitante, «ci sarebbe giusto una cosa che vorrei chiederle...»

«La ascolto.»

«Non pensi che mi diverta a girare il coltello nella piaga, ma riguarda Angélique Portal.»

Un lampo di tristezza attraversò gli occhi del comandante, che abbassò la testa.

«Ecco, dato che la conosceva bene, che lei sappia s'interessava alla storia dei re di Francia e in particolare a Luigi XIV? I fatti di Versailles la incuriosivano particolarmente?»

Massart si prese alcuni istanti per pensare. «No, non che io sappia. Angélique aveva molti interessi, fra cui teatro, musica classica ed equitazione, ma non abbiamo mai parlato di storia. Anche se sapeva che seguivo il caso degli omicidi di Versailles, non mi ha mai fatto nessun commento particolare...»

«Bene, e grazie per avermi risposto. Allora vada ad aspettarmi in macchina. Mangiamo un boccone e poi andiamo subito al bar. Il tempo di fare una telefonata e arrivo.»

Beaumont aspettò che il comandante se ne fosse andato, quindi prese la cornetta e compose il numero di Marie Berger.

«Marie? Sono Axel. Mi dispiace molto, ma devo

annullare l'appuntamento di questa sera. Ho scoperto un nuovo elemento importantissimo e devo verificarlo...»

«Non ti preoccupare, Axel, capisco... Spero che vada tutto per il meglio. Senti, se non fai troppo tardi, magari potresti venire a trovarmi a casa...»

Nel sentire quelle parole Beaumont s'immaginò nell'appartamento di Marie, si vide stringerla con foga, accarezzarle i capelli e assaporare di nuovo le sue labbra... Scrollò la testa e si sforzò di scacciare quei pensieri, che rischiavano di distoglierlo dalle indagini.

«Farò il possibile per passare. Scusami ancora, al ristorante ci andremo un'altra volta.»

«Nessun problema, ti ho detto che capisco perfettamente... Axel?»

«Sì?»

«Spero davvero che passerai questa sera...» bisbigliò prima di mettere giù.

Beaumont sentiva il cuore battere all'impazzata. Si accese una sigaretta e s'impose di non pensare a Marie, perlomeno fino a quella sera. Già sapeva che avrebbe fatto carte false pur di passare da lei. Così uscì dall'ufficio e raggiunse Massart.

Gennaio 1684. Non appena il re lasciò i suoi appartamenti madame de Maintenon si affrettò a chiudere le finestre. Era terribilmente infastidita dalla mania che gli era presa di spalancarle ogni volta che entrava in una stanza, persino in inverno. Luigi XIV aveva subito un'operazione chirurgica che gli aveva lasciato una piaga nel palato, e da allora temeva che il suo alito cattivo fosse troppo persistente e così aveva cura di stare solo in ambienti ben areati. Purtroppo per lei, però, madame de Maintenon era di natura freddolosa e così, stufa di battere i denti ogni volta che si trovava in compagnia del regal sposo, si era fatta confezionare una poltrona speciale, di forma simile a un bozzolo, in cui si rifugiava infagottata sotto strati di pellicce. Dopo una rapida cena, le dame di compagnia la svestivano e l'aiutavano a coricarsi. Una volta nel letto però le toccava assistere alla processione dei cortigiani che attraversavano la stanza per renderle omaggio.

Vi era però qualcuno che la osservava con un'insistenza tutta particolare. Ne seguiva ogni movimento con occhi colmi d'odio pensando che Françoise Scarron, la vedova del poeta infermo, ne aveva fatta di strada, riuscendo addirittura ad arrivare molto in alto. Chi avrebbe riconosciuto mai nella rispettabile marchesa che aveva sposato il re di Francia la vedova poverissima che elemosinava con insistenza una pensione? Non vi era che dire, tanto di cappello a madame de Maintenon! Ora però doveva pagare. Sì, doveva espiare e morire.

10

Il *Quatre saisons* era un locale decisamente sordido con solo un'insegna intermittente. Beaumont e Massart sedettero al bancone e ordinarono due whisky. Il commissario diede un'occhiata discreta al bar e notò che era pieno di individui poco raccomandabili. Bevve il suo drink e si allungò verso il barman.

«Mi scusi, per caso sa dove posso trovare un certo Joseph Rodriguez?»

L'uomo gli lanciò un'occhiata glaciale.

«Mai sentito!» rispose dandogli le spalle.

Beaumont attese paziente che si riavvicinasse e lo apostrofò di nuovo.

«Mi hanno detto che è un cliente abituale...» mormorò.

L'uomo allora incrociò le braccia e prese a fissarlo.

«Ho detto che non l'ho mai sentito nominare! Sei sordo o cosa?» replicò con tono scostante.

«Non urlare!» fece Beaumont con aria cospiratrice. «Non voglio che si sappia in giro perché lo sto cercando...»

«E allora com'è che chiedi di lui?» replicò il barman con tono arrogante.

Il commissario finse di guardarsi intorno inquieto, poi gli si avvicinò all'orecchio.

«So che può procurarmi un'arma...»

L'uomo lo squadrò sospettoso.

«Guarda che hai sbagliato posto! Questo è un bar, non un'armeria!»

Beaumont tossicchiò imbarazzato.

«Ecco... vedi... insomma... non so come spiegarti, però... Diciamo che preferisco qualcosa di più discreto... Un mio amico ha già fatto affari con Joseph Rodriguez e mi ha detto che di sicuro sa come aiutarmi...»

«E chi sarebbe questo amico?» s'informò il barman a voce bassa.

«Franck Silva. È stato lui a dirmi che Rodriguez l'avrei trovato qui.»

Il barman finse di asciugare dei bicchieri.

«E questo chi sarebbe?» chiese indicando Massart con il mento.

«Mio fratello. Sa tutto. Abbiamo un... come chiamarlo... un obiettivo comune...»

L'uomo ebbe un attimo di esitazione, poi si chinò verso il commissario.

«Se dici che ti manda Silva allora va bene. Jojo non c'è questa sera, prova a ripassare domani, sul pomeriggio tardi. Gli dirò che lo cerchi», gli mormorò all'orecchio.

«Grazie, amico! Allora torno domani!»

Pagò il conto e uscirono dal bar. Una volta in macchina Massart scoppiò in una fragorosa risata.

«Bel lavoro, commissario! Sa che la parte del duro le viene proprio bene?»

«In effetti non me la sono cavata poi così male», concordò Beaumont sorridendo. «Ma evitiamo di vendere la pelle dell'orso prima di averlo ucciso. Con tipi del genere non si sa mai. Può darsi benissimo che il caro Jojo la rivoltella senta puzza di bruciato e domani decida di non presentarsi.»

Diede un'occhiata all'orologio. Erano quasi le undici e mezzo. Decise di accompagnare Massart a casa e poi andare da Marie. Non vedeva l'ora di stringerla e baciarla.

Beaumont posteggiò vicino a casa di Marie. Era notte fonda e se non fosse stato per la luce fioca di un lampione, il commissario non avrebbe visto nemmeno dove metteva i piedi. Entrò e salì al terzo piano. Stava per aprire la porta del pianerottolo, quando udì le grida di due persone che, evidentemente, stavano litigando furiosamente. Una donna urlò che voleva essere lasciata in pace e, incredulo, Beaumont riconobbe la voce di Marie. Si precipitò al suo appartamento e si scontrò con un uomo che ne stava giusto uscendo. Il commissario riaccese la luce a tempo delle scale e rimase senza parole: era Rodolphe Grancourt!

«E lei cosa ci fa qui?» gli chiese con tono seccato.

«Potrei farle la stessa domanda, caro il mio commissario!» controbatté l'architetto. «Cos'è, l'eccesso di zelo la spinge a interrogare chi lavora alla reggia anche in piena notte?» aggiunse poi ironico.

«Grancourt, non le conviene provocarmi!» replicò Beaumont minaccioso. «Ho sentito Marie che gridava! Allora, glielo chiedo per l'ultima volta: cos'è venuto a fare qui? Cosa vuole?»

L'architetto non dovette rispondere perché proprio in quel momento la porta dell'appartamento si socchiuse e Marie Berger apparve sulla soglia. Indossava una vestaglia di seta écru e se ne stringeva forte i lembi al petto. I capelli erano spettinati e gli occhi verdi brillavano di una luce strana sul viso livido.

«Marie!» esclamò il commissario precipitandosi da lei. «Stai bene?»

La ragazza non rispose e rimase immobile, con gli occhi fissi su Grancourt, che ricambiava lo sguardo con un'espressione dura e la mascella serrata. Poi all'improvviso si girò e fece per andarsene, ma Beaumont gli fu subito addosso.

«Non così in fretta, Grancourt. Cosa le ha fatto?»

L'architetto lo squadrò con indifferenza.

«Io non le ho fatto proprio niente. Non l'ho toccata con un dito, se è questo cui sta alludendo! Perché non glielo chiede lei stesso?»

Il commissario si voltò allora a guardare Marie, che era rimasta ferma e rigida come una statua.

«Marie, stai bene? Rispondimi!»

Lei gli rivolse allora un'occhiata priva d'espressione e distolse lo sguardo.

Furioso, Beaumont afferrò allora l'architetto per il bavero della giacca.

«Cosa crede, che non mi sia accorta che non è in sé? Mi dica cosa diavolo è venuto a fare qui e cosa le ha fatto per ridurla in quello stato!»

Grancourt si liberò con calma e piantò gli occhi in quelli del commissario.

«Cercherò di essere chiaro: io non ho fatto assolutamente niente a Marie. Quanto al motivo della mia presenza, qui, non la riguarda! Buonasera!»

Ciò detto si allontanò a grandi passi. Beaumont rinunciò a inseguirlo e si avvicinò a Marie. Le passò dolcemente un braccio sulle spalle, la condusse dentro e chiuse la porta, poi la fece sedere sul divano e le portò un bicchiere d'acqua.

«Marie, per favore, dimmi qualcosa! Cos'hai? Vuoi che chiami il dottore?»

Ma la ragazza rimaneva immobile, con lo sguardo fisso e la mandibola contratta. Poi all'improvviso si accasciò come svenuta. Beaumont la scrollò in preda al panico e, dato che non dava cenno di riaversi, le mollò un paio di ceffoni. Marie tornò in sé con un profondo sospiro.

«Marie! Stai bene?» chiese subito il commissario, pazzo d'angoscia.

Questa volta parve sentirlo perché gli rivolse uno sguardo perso. «Sì... sto bene...»

«Mio dio, ma cos'è successo? Mi hai fatto prendere un colpo! Avevi un'aria così scioccata! Cosa ti ha detto Grancourt per ridurti così? Ma, soprattutto, cosa ci faceva a casa tua a quest'ora? Credevo non avessi niente a che spartire con quel tizio...»

La ragazza fece un altro sospiro, visibilmente in imbarazzo.

«Voleva... Oh, Axel, ma che importanza ha?»

«Molta! Ma ti rendi conto della faccia che hai? Se quel tizio ti ha importunata, io devo assolutamente saperlo! Ci penso io a dirgli due paroline!»

«No, ti prego... Davvero, lascia perdere... Non ne vale la pena...»

Beaumont incrociò le braccia e la fissò.

«Ci ha provato con te? È così? È venuto qui per farti delle avance?»

Marie chinò la testa senza rispondere.

«Comunque sia, se Grancourt si permette di venire a casa tua a quest'ora e la cosa ti sconvolge tanto, be', forse avete una relazione di cui ti sei dimenticata di parlarmi?»

Il suo sguardo si era fatto duro e, sentendosi pronunciare quelle parole, si rese conto che la gelosia aveva iniziato a roderlo nell'intimo. L'amore lo rendeva vulnerabile e quasi si era dimenticato di quanto potesse fare male. Temeva la riposta di Marie. Poi sentì una mano che si posava sulla sua.

«Axel, da quando ti ho conosciuto non ho più guardato nessun altro uomo. Te lo giurò su ciò che ho di più caro al mondo. Quanto a Grancourt...»

Si morse le labbra ed esitò un istante, ma poi proseguì.

«Qualche mese fa abbiamo avuto una relazione. Non so che cosa mi fosse preso, non mi ero resa conto di quanto fosse egoista e crudele. E difatti non è durata molto. L'ho lasciato dopo poco tempo ma lui l'ha presa male e da allora continua a tormentarmi...»

«Ecco perché ci ha guardato così male quando ci ha visti insieme nel cortile della reggia. Avresti dovuto dirmi la verità.»

«Volevo risparmiarti questa seccatura e poi, soprattutto, ora non ha più importanza. Aver incontrato te è l'unica cosa che conti.»

Si rannicchiò contro di lui e gli posò un bacio leggero sulle labbra. Un bacio che il commissario contraccambiò con ardore.

«Però continua a darti fastidio. Forse non ti sei resa conto dello stato in cui ti trovavi poco fa... Mi hai fatto davvero spaventare.»

Marie abbozzò un sorriso contrito.

«Ma adesso è tutto finito... Ormai appartiene al passato. La sola cosa che conta è che tengo così tanto a te. Vorrei davvero che fra noi due potesse nascere qualcosa di meraviglioso. E se anche qualche altro uomo mi farà della avance, ti prometto che ti rimarrò fedele!»

Beaumont immerse gli occhi nei suoi.

«Cos'ho fatto per meritare tanta felicità?» mormorò intenerito.

In quel momento Marie chiuse gli occhi sino a farli divenire due fessure e si portò le mani alle tempie rivolgendogli uno sguardo strano, quasi stralunato. Era come se avesse cambiato faccia, poi lasciò cadere la testa all'indietro con un gemito.

«*Nada! ¡Los hombres, jamás hicieron nada para merecer esto! ¡Sólo saben hacer sufrir! ¡Yo, no podía soportarlo más! ¡Todas estas putas que querían tomarme a mi marido! ¡Le sonreían y giraban en torno a él, y él, se las tomaba todas! ¡Dios! ¡Que* *soy desgraciada! ¡Cada noche, lo esperaba, y él, era con estas putas! ¡Me lo tenía conmigo sólo una horita, cuando venía la mañana, y todavía, solamente si no se lo guardaban con ellas toda la noche. ¡Las detestaba, odiaba ellas todas!*»* si mise a urlare in spagnolo.

Poi roteò gli occhi all'indietro e si accasciò di nuovo sul divano come se le gambe non la sostenessero più. Beaumont rimase di sasso, incredulo dinanzi a ciò che aveva appena visto e sentito. Aveva studiato spagnolo fino al liceo e le poche nozioni che gli erano rimaste gli avevano permesso di capire l'essenziale dell'invettiva appena lanciata da Marie. Si chiese se non fosse impazzita. Di cosa parlava? Cos'era quella storia di «puttane che le portavano via il marito mentre lei lo aspettava tutta la notte?» Quale marito? Non gli aveva mai detto di essere sposata. Ma, d'altra parte, ignorava anche che parlasse così bene lo spagnolo.

Si chinò su di lei e le mise una mano sulla fronte. Era ghiacciata. Non appena la toccò, Marie rabbri-

* Niente! Gli uomini non hanno mai fatto niente per meritarla! Sanno solo farci soffrire. E io non potevo sopportarlo! Tutte quelle puttane che volevano portarmi via mio marito. Gli stavano sempre intorno e gli facevano tante moine. E lui se le prendeva tutte! Oh, mio dio, come sono infelice! Lo aspettavo ogni notte, mentre lui se ne stava con quelle puttane, e io potevo averlo per me solo un'ora, al mattino. Ma sempre che quelle non se lo tenessero tutta la notte. Le detestavo, sì! Le odiavo tutte!

vidì e aprì gli occhi, come se si fosse appena svegliata da un sonno.

«Oh, Axel, sono così stanca... Credo sia il caso di andare a dormire. Ci vediamo domani...»

Così dicendo lo riaccompagnò alla porta. Il commissario si accorse però che continuava a sbattere le palpebre come se non riuscisse a tenere gli occhi aperti.

«Marie... Sei sicura di stare bene? Non posso lasciarti sola in questo stato. Chiamo un medico.»

«Davvero, Axel, sto bene. Te l'ho detto, sono solo molto stanca... Domani mattina vedrai che starò meglio... Non è il caso che ti preoccupi», replicò con uno sguardo infinitamente spossato.

«Marie...» attaccò, ma poi decise che non era il caso di insistere.

Non era certamente il momento di dirle quanto quella reazione l'avesse sorpreso, né tanto meno di confessarle che, anche se solo per un istante, aveva avuto l'impressione di ritrovarsi a faccia a faccia con un'estranea, non la ragazza così bella e dolce cui era così attaccato. E in effetti Marie aveva l'aria di riuscire a stento a tenersi in piedi.

«Buona notte, Axel...» mormorò posandogli piano un altro bacio sulle labbra.

Marie aveva già chiuso la porta, tuttavia Beaumont rimase qualche secondo immobile nell'oscurità prima di tornare alla macchina. Di certo non aveva pensato che le cose sarebbero andate in quel modo. Prima Grancourt, e poi il comportamento quantomeno bizzarro di Marie. Era andato a trovarla per trascorrere qualche bel momento e rilassarsi un po', e invece se ne andava con nuovi dubbi da chiarire. Si sentì in bocca un retrogusto di dispetto misto a delusione.

Mise in moto e guidò piano verso casa. Poi si coricò ripromettendosi di chiedere a Marie delle spiegazioni non appena l'avesse vista, l'indomani. Ora si rendeva conto di quanto tenesse a lei e non aveva intenzione di accettare il benché minimo dubbio riguardo al loro rapporto. Se davvero era stata sposata, be', doveva assolutamente dirglielo! E poi c'era quella parolaccia in spagnolo, *puta*, che aveva ripetuto così tante volte: chi erano le donne cui si riferiva? Era più che mai convinto che gli nascondesse qualcosa riguardo Rodolphe Grancourt. Piuttosto seccato, fece un profondo sospiro e si lasciò scivolare in un sonno senza sogni.

Il mattino seguente cercò invano di parlare con Marie. Eppure, per quanto la sera precedente fosse stata stanca e ora avesse potuto avere il sonno pesante, lo squillare insistente del telefono avrebbe comunque dovuto svegliarla. All'ora di pranzo decise di passare dalla reggia per vedere di riuscire a incontrarla. Bussò quindi alla porta del laboratorio ed entrò, trovando Françoise Bédélin china su un arazzo. La donna alzò la testa e gli fece un sorriso nervoso.

«Buongiorno, commissario. Novità?»

«Dovremmo averne a breve. Sono quasi certo che, grazie alla pista dell'arma dei delitti, entro stasera avrò il nome dell'assassino.»

La signora Bédélin sospirò e Beaumont non poté non notare che il suo viso, solitamente tanto allegro, era segnato dall'inquietudine.

«Bene, allora non mi resta che avere fiducia in lei. Spero sinceramente che mi risparmierà il ruolo di madame de Maintenon... Le confesso che gliene sarei molto grata...» aggiunse con un pizzico di umorismo.

Il commissario sentì l'impulso improvviso di prenderle le mani e così fece.

«Non si deve preoccupare. Non la perdiamo d'occhio nemmeno di notte. E le prometto che troverò quello schifoso, è solo questione di ore. Aspetto solo di sapere a chi è stata rivenduta quella pistola per mettergli le mani addosso. Peccato, ma credo proprio che non diverrà la sposa del re Sole.»

Nonostante la tensione, la responsabile dei restauri non riuscì a trattenere una risata.

«Le dirò, credo che riuscirò a sopravvivere alla delusione. Non m'interessano i favori di un re, e men che meno in una situazione del genere!»

«Scusi, Marie c'è?»

«Marie? Mi ha chiamata questa mattina dicendo che non stava bene e che oggi sarebbe rimasta a casa.»

Beaumont la guardò perplesso e così lei gli fece un sorriso affettuoso.

«Siete molto intimi, vero?»

«Sì, è così», ammise il commissario dopo un attimo di incertezza.

«L'ho capito subito quando vi ho visti insieme. È chiaro come il sole. Mi permetta di dirle che siete davvero una bella coppia.»

«La ringrazio. Per caso le ha detto che non si sarebbe mossa di casa?»

«Be', immagino sia così visto che stava male. Perché, non le ha detto niente?»

«È da questa mattina che provo a chiamarla ma niente. Allora farò un salto a casa sua per controllare che sia tutto a posto.»

«Ha ragione, fa bene. Be', ora devo tornare al lavoro. Arrivederci, commissario, e non si dimentichi di me. Conto su di lei.»

«Non si preoccupi, non c'è alcun rischio che mi dimentichi di lei! Non smetta di essere prudente, ma comunque le prometto che presto potrà tornare a dormire sonni tranquilli.»

Beaumont si diresse subito a casa di Marie. Suonò e bussò alla porta più volte, ma senza ottenere risposta. Dopo un quarto d'ora si rassegnò e se ne andò. «Ma dove sarà mai finita?» si chiese preoccupato. «Quando uno sta male rimane a casa. A meno che non abbia mentito alla signora Bédélin. Ma per quale motivo?»

Decise di tornare in ufficio. Si era fatto tardi ma non aveva fame.

Mio dio, spero solo che stia bene, pensò. Ieri sera era così strana. Chissà che cosa le passa per la testa... Non avrei mai dovuto lasciarla sola.

Nel corridoio della polizia incrociò il comandante Massart.

«Allora, è pronto? Si ricordi che fra un'ora dobbiamo tornare al *Quatre saisons*», gli rammentò.

«Certo, capo, quando vuole. Piuttosto, oggi ha chiamato Christian Jaquetti ma non ha voluto dirmi cosa volesse e ha chiesto di essere richiamato il prima possibile.»

«Me ne occupo subito.»

Una volta nel proprio ufficio, il commissario prese la cornetta e, dopo un secondo d'incertezza, compose il numero di Marie. Lasciò che il telefono squillasse a lungo prima di riattaccare. Provò allora con il cellulare, ma senza successo. Marie... ma dove sei finita? Ho così tanto bisogno di parlarti, pensò sentendo una piccola stretta al cuore. Ho il presentimento che tu non stia affatto bene...

Sospirò e sfogliò l'agendina in cerca del numero dello psicocriminologo, che rispose al primo squillo.

«Signor Jaquetti? Sono il commissario Beaumont. Voleva parlarmi, giusto?»

«Oh, commissario. Aspettavo la sua telefonata. Il comandante Massart mi ha messo al corrente degli ultimi sviluppi del caso, con la storia delle donne assimilate alle amanti di Luigi XIV... E le confesso che, dopo averci riflettuto a lungo, sono arrivato a una conclusione pressoché ovvia. Imprevedibile, certo, ma ovvia.»

«Dica, la ascolto.»

«Si ricorda che le ho detto che il bisogno dell'assassino di infierire sulle vittime dopo la morte mi aveva portato a concludere che era spinto da un profondo rancore nei loro confronti? Avevo ipotizzato anche che fosse misogino e che il suo odio fosse il frutto di un trauma. Eppure c'era qualcosa che non mi tornava. Vede, in questi casi di solito è molto raro che le ferite post mortem siano le uniche inflitte. Quasi sempre sono precedute da uno stupro o da torture.»

«Si spieghi meglio.»

«Voglio dire che un assassino in preda a un violento odio per la propria vittima raramente la uccide con un colpo alla testa dopo averla drogata. Se mi passa l'espressione, di solito preferisce far durare il piacere, e perciò o ne abusa sessualmente per dominarla, oppure le procura atroci sofferenze prima di ucciderla per appagare il proprio bisogno sadico di vendetta. Il modus operandi di questo caso non rientra negli schemi classici. L'assassino ha ucciso in maniera sbrigativa, perciò possiamo dire che quelle donne non hanno quasi sofferto, e le ferite post mortem sono l'unico indizio visibile dell'odio che provava. Ed è un caso eccezionale. Ho già avuto a che fare con assassini che uccidevano subito le proprie vittime, ma dopo avevano rapporti sessuali con i cadaveri. Era il loro modo di dominarle totalmente, di non dover temere un giudizio su come se la cavavano a letto. Ma in questo caso, a parte qualche graffio, escoriazioni e colpi, non c'era altro, e la cosa mi sembrava molto strana. Quando però il comandante mi ha raccontato che le vittime rappresentavano ognuna una favorita di Luigi XIV, mi sono subito scontrato con l'evidenza dei fatti e i pezzi del puzzle si sono incastrati perfettamente. Mancavano tutti i segni tipici di un crimine commesso da un misogino o sadico.»

«Ah, sì? E perché?» chiese Beaumont incuriosito.

«È semplice commissario: perché secondo me il nostro uomo è in realtà una donna.»

«Ma ne è davvero certo?» riuscì a dire il commissario riprendendosi dallo stupore.

«È palese. Solo una donna avrebbe potuto ucciderne un'altra, che pure odiava profondamente, con questa modalità. Un uomo ne avrebbe abusato sessualmente o l'avrebbe comunque brutalizzata. E poi c'è il riferimento alle amanti di Luigi XIV... Storie di donne, di rivalità, gelosia e così via.»

«Caro signor Jaquetti, devo ammettere che non riesco a seguirla. Sta forse insinuando che l'assassino, anzi, l'assassina artefice di questi crimini è mossa da gelosia nei confronti delle favorite del re, di donne morte più di trecento anni fa?»

«Direi piuttosto che è gelosa di coloro che crede essere le amanti di Luigi XIV. Da quanto mi ha detto Massart, le somiglianze tra ogni vittima e la favorita che avrebbe dovuto rappresentare erano davvero impressionanti: stesso colore di occhi e capelli, persino stesso nome... C'è addirittura un legame con i luoghi in cui sono state ritrovate. Per me è tutto chiaro: quelle morti sono opera di una donna che, non so per quale motivo, considerava le favorite del re, ovvero le vittime, come delle rivali.»

«Ma non potrebbe trattarsi piuttosto di un mitomane che crede di essere la reincarnazione del re Sole?»

«In questo caso però, come lo ho già spiegato, avrebbe agito in modo diverso. E se, come afferma, si fosse creduto Luigi XIV e avesse rivisto in quelle donne le proprie favorite, be', avrebbe agito come lui:

avrebbe avuto dei rapporti sessuali con loro. Per me non ci sono dubbi. Ribadisco: pensi al modus operandi. Perché mai un uomo avrebbe dovuto drogare quelle poverine? A cosa gli sarebbe servito? Una donna, invece...»

«In effetti, la sua è una teoria da tenere in considerazione. Però mi permetta di dirle che io rimango un po' scettico. Generalmente i serial killer sono uomini... Non che voglia fare il maschilista, ovvio...»

«Ma non è sempre e solo così. Anche le donne sanno uccidere. Immagino abbia già sentito parlare dell'affare dei veleni, accaduto proprio durante il regno di Luigi XIV, giusto? Bene, allora pensi al numero davvero incredibile di donne accusato di aver spedito qualcuno all'altro mondo per questioni di denaro, invidia o rivalità in amore. E le più famose e maggiori colpevoli erano proprio due donne: la marchesa di Brinvilliers, arsa sul rogo, e madame de Montespan, la favorita del re. Come può ben vedere, la nostra assassina non si è inventata nulla...»

«La ringrazio, signor Jaquetti. Esaminerò la sua teoria e controllerò se dispongo di elementi sufficienti per confermarla.»

«Proprio come ha appena detto, è solo un'idea e non ho prove materiali per confermarla. Questo è compito suo. Io comunque ne sono già convinto e le consiglio di tenerne conto. Finora mi sono sbagliato di rado.»

Erano quasi le diciotto quando entrarono nel bar *Quatre saisons*. Non appena li vide, il barman uscì da dietro il bancone e si diresse verso il fondo della sala e, dopo pochi secondi, tornò indietro e fece loro segno di seguirlo. Li condusse a un tavolo cui sedeva un uomo dalla carnagione abbronzata.

«Mi hanno detto che mi state cercando», attaccò quello andando dritto al sodo.

«Lei è Joseph Rodriguez?» s'informò Beaumont senza scomporsi.

L'uomo lo fissò senza rispondere.

«È Silva che vi manda?» chiese infine.

«Non mi ha risposto.»

«E tu nemmeno!» replicò l'altro seccamente. «Te lo chiedo per la seconda e ultima volta: è Silva che vi manda? Perché se non è così, ho altro da fare che perdere tempo con voi altri!»

«Sì, è Franck Silva che ci manda. Ora le spiace se usciamo un attimo? Preferirei parlare in privato.»

«E così vuoi una pistola, eh? E pensi che io possa aiutarti?»

Beaumont finse di guardarsi intorno con aria spaventata.

«Abbassi la voce! Preferirei non attirare l'attenzione...»

«Tutti quelli che si rivolgono a me non vogliono attirare l'attenzione...» lo canzonò Rodriguez con un sorriso beffardo.

«Allora spostiamoci in un angolino più tranquillo...»

«Seguitemi. Il retro andrà benissimo», rispose Rodriguez alzandosi.

Una volta chiusa la porta, l'uomo si appoggiò al muro e incrociò le braccia.

«Forza, ti ascolto.»

«Vede, signor Rodriguez, io cerco una pistola. Meglio, una pistola automatica... Una MAS G1, per esempio...»

Rodriguez lo guardò in segno di stupore.

«Cosa te ne frega se è una MAS G1 o un altro modello? Se vuoi ammazzare qualcuno te ne va bene una qualsiasi!»

«Non direi... Io sto cercando una MAS G1. Per la precisione una MAS G1 che si è trovato per le mani circa due anni fa, dopo la rapina a una stazione di servizio vicino a Corbeil... »

Un lampo di sgomento illuminò lo guardo di Rodriguez. Cercò di buttarsi verso la porta, ma il comandante Massart lo tenne fermo.

«Siete piedipiatti, vero? Due schifosi piedipiatti!»

«Ma non ti si può nascondere nulla», replicò Beaumont mostrandogli il tesserino. «E adesso parlami di quella MAS G1.»

«Non ho niente da dire! Non so di cosa stai parlando!»

«Ma davvero? Eppure fino a cinque minuti fa mi sembravi un vero esperto di pistole. Ascoltami bene, Rodriguez, cercherò di essere chiaro e conciso: sto indagando su una serie di omicidi fatti con quest'arma. Franck Silva – che, per inciso, al momento è al fresco – mi ha detto che era sua e che l'ha usata per rapinare una stazione di servizio di Corbeil. Le cose però non sono andate come pensava, così se n'è liberato e l'ha rifilata a te con uno scambio. Adesso ti chiedo: a chi l'hai rivenduta?»

Rodriguez lo fulminò con un'occhiata piena d'odio.

«Ok, lo ammetto, rivendo armi, ma mica le uso! Andatevene a cercare il vostro colpevole da un'altra parte!»

«Senti, caro Jojo la rivoltella, forse non hai ben capito la domanda, perciò sarò gentile e te la ripeto. A chi hai venduto la MAS G1 di Silva?»

Per un attimo Rodriguez serrò i denti e lo sfidò con lo sguardo, ma poi abbassò gli occhi.

«Se davvero credete che mi ricordi tutti quelli che incontro, be', vi sbagliate di grosso! E poi non è che i clienti mi fanno vedere la carta d'identità!»

«Sono sicuro che con un piccolo sforzo te ne ricorderai. Lo spero per te, ovviamente...»

«Cosa significa? Io non c'entro niente se un tizio ha ucciso qualcuno con una pistola che gli ho venduto io. Se non l'avessi fatto io, sarebbe andato da qualcun altro! »

«Sì, conosco già l'antifona. È la solita manfrina che ci rifilano gli spacciatori per negare la loro responsabilità nella morte di un sacco di gente... Ma di solito non serve, sai? E non servirà nemmeno a te.»

Beaumont si avvicinò e lo guardò dritto negli occhi.

«Se non collabori, ti faccio sbattere dentro per complicità in omicidio, chiaro?»

«Ma... Non ne hai il diritto! Io non c'entro niente con 'sta storia!»

«Questo lo deciderà un giudice... Però, se mi dessi qualche informazione preziosa, allora magari potrei cercare di ridurre al minimo le... noie che passeresti per il tuo piccolo commercio...» replicò Beaumont senza perdere la calma.

Rodriguez tacque per alcuni minuti, poi si decise a parlare.

«Be'... forse... ecco, sì, forse mi ricordo qualcosa...»

«Oh, alla buon'ora! Ero sicuro che ti sarebbe tornata la memoria!»

«Era una donna... Cercava un'arma e allora l'avevano mandata da me...»

Beaumont lanciò un'occhiata significativa a Massart e sentì le parole di Jaquetti che gli risuonavano nella testa: *il nostro uomo è in realtà una donna...*

«E chi era questa donna?»

«Ho già detto che mica chiedo la carta d'identità! L'importante è che abbiano la grana, il resto non m'interessa! Non lo so chi è. Non l'ho nemmeno vista bene in faccia. Aveva una specie di mantello con il cappuccio, e poi era notte. Però mi ricordo della voce... Sì, aveva un forte accento spagnolo. Probabilmente era straniera, non parlava bene il francese. A volte mi rifilava qualche parola in spagnolo... Ho fatto fatica a capirla.»

Beaumont era impallidito. Pensieri molto spiacevoli iniziarono a farsi strada nella sua mente ma si sforzò di allontanarli. *No, non è possibile... Sto diventando pazzo!* Si passò una mano tremante sulla fronte e credette di nuovo di sentire la voce di Jaquetti: *quelle morti sono opera di una donna che, non so per quale motivo, considerava le favorite del re, ovvero le vittime, come delle rivali.* Poi sentì anche ciò che Marie aveva urlato in spagnolo: *Tutte quelle puttane che volevano portarmi via mio marito. Gli stavano sempre intorno e gli facevano tante moine. Le odiavo!* Sembrava un'altra...

Beaumont scattò verso la porta.

«Commissario, dove va?» chiese Massart stupito.

«Lo lascio a lei. Io devo assolutamente andare. Ci si vede in ufficio!»

11

Roso dall'angoscia, Beaumont guidò verso Parigi a tutta velocità. Nel frattempo provò a chiamare Marie, ma ancora una volta suonò a lungo e a vuoto. Stringeva il volante con le mani tremanti e imboccò la nazionale che portava dritto a casa sua. *Dev'esserci una spiegazione... Dev'essercene una.* La suoneria del cellulare lo fece sussultare.

«Pronto?!» rispose con tono febbrile.

«Commissario, sono il capitano Martin. Sto ancora sorvegliando la signora Bédélin. Volevo avvertirla che è uscita di casa circa un paio d'ore fa dicendo che andava da una collega per un lavoro urgente e che perciò era inutile che la seguissi. Devo continuare ad aspettarla qui o preferisce che la raggiunga?»

Beaumont sentì la fronte madida di sudore.

«Le ha detto come si chiamava la collega?» domandò sforzandosi di mascherare la disperazione.

«Ehm... Mi sembra che fosse Berger. Ecco, sì, era

la signorina Berger. Mi ha anche dato l'indirizzo, non è molto distante dalla reggia di Versailles. Aspetti che ci penso...»

«Non importa», tagliò corto Beaumont, «lo so già. Ha detto che è uscita un paio d'ore fa?»

«Sì, più o meno. Vuole che la raggiunga?»

«No, rimanga dov'è. La richiamo io se ho bisogno.»

Beaumont interruppe la telefonata e spinse ancora di più sull'acceleratore. *Presto, mio dio, presto... Fa che mi sbagli!*

Qualche minuto dopo, davanti a casa di Marie Berger si udì un forte stridio di pneumatici. Beaumont saltò giù dall'automobile e si precipitò al terzo piano. Si attaccò letteralmente al campanello, ma nessuno venne ad aprire, così provò ancora. *Oh, Signore... Marie, dove sei finita? E dov'è finita la signora Bédélin?*

Il commissario tornò in macchina ormai in preda al panico, perciò s'impose di fermarsi per qualche istante e calmarsi. Fece un profondo respiro e serrò i pugni. Sentiva ancora le stesse frasi che gli risuonavano nella testa: *il nostro uomo è in realtà una donna... una donna gelosa delle favorite del re... la pistola è stata venduta a una donna che parlava spagnolo... Tutte quelle puttane che volevano portarmi via il mio sposo! Le odiavo!*

«Oh, no, Marie, no, no no!» gemette prendendosi il capo fra le mani. «Dimmi che mi sbaglio! Non puoi essere coinvolta... Non tu!» Ciononostante, nella sua mente i tasselli del puzzle si stavano riordinando a una velocità spaventosa. Marie lavorava a Versailles. Marie conosceva a fondo la vita dei re. Marie parlava spagnolo e aveva espresso un odio che mai lui avrebbe immaginato che una persona così dolce avrebbe potuto provare. Ma perché? Cosa la spingeva a comportarsi in quel modo? Per lei provava un affetto così tenero... Anche se, in fondo, la conosceva così poco. Anzi, di lei non sapeva proprio nulla. Questo però non gli aveva impedito di innamorarsi. Afferrò il cellulare e cercò invano di chiamarla. Martin aveva detto che la signora Bédélin era andata a trovarla. Françoise Bédélin, il prossimo bersaglio dell'assassino! Anzi, dell'assassina... Beaumont stringeva i denti con una forza tale che la mascella aveva iniziato a dolergli. Poi compose un altro numero.

«Martin? Sono Beaumont. Senta, la signora Bédélin è rientrata?»

«No, non ancora. Devo andare a dare un'occhiata all'indirizzo che mi ha dato?»

«No, avvisi la pattuglia più vicina e si precipiti alla reggia di Versailles. Ci troviamo lì.»

«Molto bene.»

Beaumont si diresse verso il palazzo a tutta velocità. Sapeva che avrebbe dovuto aspettarsi il peggio. Se solo la Bédélin non avesse detto all'agente di non seguirla... Forse ora non sarebbe scomparsa. Lanciò un'occhiata all'orologio dell'automobile: erano le 20 passate. Cercò di riflettere. In quale stanza o in quale parte dei giardini sarebbe stata portata la Bédélin se la sua esecuzione fosse stata per quella sera? Si maledì per non conoscere meglio la reggia. Le altre vittime rappresentavano altrettante favorite di Luigi XIV ed erano state ritrovate in luoghi ben precisi legati alla loro vita. Se, come lei stessa aveva detto, Françoise Bédélin doveva essere madame de Maintenon, in quale luogo avrebbero dovuto ritrovarne il cadavere? D'un tratto ebbe un lampo di genio: ricordò la visita alla reggia, subito dopo il primo omicidio, quando la signora Bédélin gli aveva fatto da guida accompagnandolo ai giardini e raccontandogli la storia delle stanze che attraversavano. A un certo punto gli aveva parlato degli appartamenti della de Maintenon... Già, ma dov'erano?! Se ricordava bene, nell'ala sinistra, vicino a quelli del re. E se fosse stata portata lì? Si ostinava a usare l'impersonale perché non voleva dargli un volto, un volto per cui avrebbe dato tutto solo per allontanarlo da quell'incubo. Beaumont però sapeva che sarebbe dovuto andare sino in fondo, anche a rischio di soffrire. Parcheggiò l'auto sulla piazza d'armi e si precipitò ai cancelli della reggia. Il tempo che il guardiano gli aprisse e subito si precipitò verso l'ala sinistra. Ai piedi della scalinata della regina incontrò un altro guardiano.

«Questa sera è entrato qualcuno?» ansimò senza fiato.

Il guardiano si sorprese del suo tono concitato.

«No, nessuno di sospetto. Solo una dell'equipe di restauro che portava dei quadri che aveva pulito. Una bella bruna, la conosco di vista... È arrivata poco meno di mezz'ora fa.»

Beaumont impallidì e presero a tremargli le mani.

«Era sola?»

«Sì. Sì, sì. Spingeva una carriola piena di quadri. Io

gliel'ho chiesto se aveva bisogno di una mano, ma ha detto che se la sarebbe cavata.»

«Dove sono gli appartamenti di madame de Maintenon? Da questa parte?» chiese con voce rotta dall'angoscia.

«Deve andare di là, poi subito a sinistra», rispose l'altro disorientato.

Non aveva finito di parlare che il commissario si era già lanciato verso le scale.

«Ehi, commissario! Aspetti! È chiuso a chiave! Tenga, è la più piccola!» gridò il guardiano lanciandogli un mazzo di chiavi.

Beaumont l'acchiappò al volo e proseguì la propria corsa sotto lo sguardo attonito del guardiano. Salì gli scalini a due a due e si precipitò nella direzione che gli era stata indicata.

Mio dio, fa' che arrivi in tempo!

«Forza, madame de Maintenon, svegliatevi... Aprite i vostri begli occhi neri... O forse dovrei chiamarvi Françoise Scarron... Già, avete visto? Non mi sono dimenticata del marciapiede da dove provenivate quando il re ha voluto offrirvi Maintenon e il titolo di marchesa. Avanti, muovetevi. Voglio che mi guardiate dritta negli occhi mentre vi uccido!»

Françoise Bédélin schiuse le palpebre ma le richiuse subito. Aveva un mal di testa lancinante e le sembrava di fluttuare in una specie di caligine. Si sentiva pesante come il piombo e non riusciva a muoversi. A poco a poco si sforzò di uscire dall'oscurità in cui era piombata. Iniziò a ricordare qualcosa. Ma cos'era successo? L'ultima cosa che rammentava era di trovarsi da Marie, seduta davanti a una tazza di tè e in attesa di esaminare dei quadri. Già, i quadri danneggiati... Non li aveva visti. Marie l'aveva chiamata, era disperata perché aveva accidentalmente rovinato molti quadri di valore e l'aveva supplicata di andare da lei a dare un'occhiata di persona e aiutarla a porvi rimedio. Quand'era arrivata, aveva bevuto il tè e poi... Il nulla, non ricordava più niente... Provò di nuovo ad aprire gli occhi. All'inizio non riuscì a mettere bene a fuoco la stanza, le cui pesanti tende tirate impedivano agli ultimi raggi di sole di entrare. Dopo un po' capì di trovarsi nella camera di madame de Maintenon. Per quanto si sforzasse, però, non riusciva a ricordare come vi fosse arrivata. Sbatté le palpebre e provò ancora a muoversi, ma avvertì un forte dolore a polsi e caviglie e si accorse di essere legata a una sedia. Capì subito cosa le stava accadendo e si sforzò di rimanere calma nonostante il terrore che le montava dentro. Vide qualcuno in piedi a pochi metri da lei. Quando ne riconobbe il volto ne fu così stupita che non riuscì ad aprire bocca.

«State buona o vi uccido seduta stante!» ordinò una voce con un forte accento spagnolo.

«Marie... Ma cosa le prende?» farfugliò.

«Come osate rivolgervi a me così? Siete uscita di senno? Esservi prodigata per sposare mio marito subito dopo la mia morte non fa di voi la regina di Francia! Non lo siete mai stata e mai lo diverrete! Siete solo una *puta*!»

«Marie... Oh, Marie, ma cosa... cosa sta dicendo?» balbetto frastornata.

«Tacete, insolente! Siete solo una miserabile donnaccia! Non siete degna di rivolgermi la parola! Credete di parlare con quell'ochetta di Marie Berger? Io sono Maria Teresa, infanta di Spagna, figlia del re Filippo IV e regina di Francia, sposa di Luigi quattordicesimo a Saint-Jean de Luz nel giugno 1660 e madre del delfino di Francia. La vostra Marie non è che uno strumento di cui mi sono servita. E voi, voi siete solo la vedova Scarron, una schifosa intrigante, furba e ipocrita!»

Marie si avvicinò, chinandosi per guardarla dritta negli occhi. Aveva uno sguardo che fece tremare la signora Bédélin: le pupille erano dilatate e fiammeggiavano, mentre l'odio le deformava il viso in un'espressione che la rendeva irriconoscibile. Era come se si fosse trasformata in un'altra persona, una terrificante sconosciuta decisa a non lasciarle nessuna via di scampo, così diversa dalla dolce ragazza che restaurava quadri e opere d'arte. Sì, era come se qualcun altro si fosse impossessato del suo corpo. Mio dio, è pazza! Si crede la regina Maria Teresa! pensò la signora Bédélin in preda all'angoscia.

Gli occhi di Marie si ridussero a due fessure illuminate da un lampo d'odio. Si chinò di nuovo sulla prigioniera, tanto che la donna ne sentì il fiato sul viso.

«Credevate fossi morta, vero? Mai e poi mai vi sareste aspettata che tornassi... E così, cara la mia Françoise Scarron, ho potuto vedere il vostro vero volto! Ma complimenti! Con quell'aria da santarellina, lo sguardo sempre abbassato, gli abiti austeri con cui vi proponevate come esempio di virtù e morale... E invece eravate un'intrigante con un unico scopo: attirare il re nella vostra tela! Giocavate alla governante modello, all'amica devota. Fingevate di volermi stare vicina e poi non avete nemmeno aspettato che mi raffreddassi per mettere in atto i vostri piani per farvi sposare! E alla fine ci siete riuscita, e solo tre mesi dopo la mia morte! Ma non avevate previsto che sarei tornata. E invece eccomi qui, per punirvi come tutte le altre *putas* che mi hanno portato via il mio sposo! Ah, ma io gliel'ho fatta pagare! Quella Marie Mancini, che voleva sposarlo al mio posto in barba allo scandalo che avrebbe suscitato in tutta Europa; e poi quella Louise de la Vallière, quella zoppa che mi ha ridicolizzata per anni con quelle sue arie da innamorata disperata! Dio solo sa cosa vi trovasse il re! E poi la Montespan, quella strega maledetta! Fingeva d'inorridire per il comportamento della Vallière e un giorno è anche arrivata a dirmi: 'Vostra maestà, Dio non voglia che un giorno diventi l'amante del re perché mi vergognerei troppo per ripresentarmi ancora dinanzi a voi'. Che *puta*!» urlò di nuovo Marie. «E invece aspettava solo il suo turno. Bisognava vedere come si pavoneggiava quando il re le ha regalato il Trianon di porcellana. Ancora non sapeva che un giorno sarebbe stato la sua tomba!»

Marie prese a misurare febbrilmente la stanza a lunghi passi mormorando pezzi di frasi in spagnolo. Era visibilmente agitata. Poi, d'un tratto, si voltò bruscamente verso la signora Bédélin.

«Quanto a quella Marie-Angélique de Fontanges, quella povera ochetta, ho sempre saputo che il re se ne interessava solo dalla cintola in giù! Aveva il cervello grande quanto quello di un passerotto. Si faceva tanto bella attaccata al suo braccio come la battona che era! Ma anche lei ha pagato! È morta lì dove ha peccato, nel letto del mio sposo!»

Marie si strinse la testa fra le mani e la gettò all'indietro gemendo. Françoise Bédélin la osservava, al contempo affascinata e terrorizzata. *È incredibile, è come se fosse posseduta. È davvero convinta di essere la regina Maria Teresa. Addirittura parla come lei, con l'accento spagnolo, e ne imita le movenze e le espressioni. Mio dio, aiutami tu...*

«Tutte mi avete tradita, tutte! Diventare l'amante del re era il sogno di tutte le sgualdrine della corte. Come vorrei poterle ammazzare tutte! Tutte quelle su cui il mio sposo ha posato lo sguardo... L'amavo così tanto! La prima volta che l'ho visto quasi ho dimenticato che per lui non ero altro che un pegno di pace. *¡Sólo quería que el rey me quisiera tambien!**

Ero una buona sposa... Quando mi ha perduta, ha detto: 'È il primo dolore che mi causa'», disse torcendo le mani in un gesto di disperazione. «Senza tutte quelle *putas* che gli facevano gli occhi dolci avrei po-

* Desideravo solo che anche il re mi amasse!

tuto essere felice invece di passare la vita a piangere nei miei appartamenti, circondata dai miei nani e dai cani, per tutti i suoi tradimenti. A Madrid mi è stata impartita un'educazione molto rigida, e in Francia ho trascorso la maggior parte del tempo in disparte. Alla corte non piacevo, mi trovavano troppo timida e noiosa e ridacchiavano del mio pessimo francese. Sapeste com'ero infelice... Mi rimanevano solo i piaceri della tavola, che però mi hanno regalato solo una pinguedine che sei gravidanze hanno accentuato. Sì, sei figli, e tutti morti prima di me tranne il delfino... Perché io ho dato un erede al trono di Francia!»

Devo stare al gioco, cercare di guadagnare più tempo possibile fingendo che sia davvero Maria Teresa. Sì, devo guadagnare più tempo possibile...

«Vostra maestà, siete sempre stata una sposa e una regina esemplare, tutti a corte lo sapevano...» mormorò con voce incerta.

Marie si raddrizzò di scatto e le scoccò un'occhiataccia colma di rancore.

«Tacete, ipocrita! Credete davvero che non sappia cosa pensavate di me? Dopo la mia morte avete osato dire al re che, nonostante tutte le mie buone qualità, non possedevo proprio quelle che mi avrebbero permesso di tenerlo legato a me! Io so di quali bassezze siete capace, cara Françoise Scarron! Di certo pensavate di averle voi quelle qualità, vero?!»

Marie era in trance, con il volto livido e scossa da tremori compulsivi.

«Ma perché mi avete legata, maestà? Con le altre non l'avete fatto...» si sforzò di proseguire la signora Bédélin.

Marie si chinò di nuovo su di lei e la fissò con quegli occhi così strani, quasi innaturali.

«Perché con voi è diverso... Innanzi tutto, le altre non le ho uccise qui. Solo Marie Mancini. Sì, con lei ho fatto come con voi: me la sono fatta amica e l'ho invitata a casa mia per un boccone, poi l'ho drogata e l'ho messa in una carriola, nascondendola sotto quadri e arazzi, e infine l'ho portata nel boschetto della Colonnade. Ho aspettato che riaprisse gli occhi, le ho spiegato perché sarebbe morta e ho sparato! Un gioco da ragazzi. Con le altre ho fatto lo stesso, solo che erano già morte quando le ho portate qui. Quelle sgualdrine piangevano, mi supplicavano, osavano persino negare la relazione con il re! Come se tutta la corte non fosse a conoscenza del loro comportamento scandaloso! Hanno osato dirmi che ero pazza... A me, la regina di Francia! Quando per colpa loro sono stata la barzelletta del Paese durante tutto il mio regno!»

«Ma... vostra maestà di sicuro è a conoscenza del fatto che, dopo la morte di Louise Salvi... voglio dire, di mademoiselle de la Vallière, la reggia è stata posta sotto la massima sorveglianza. Non temevate che uno dei guardiani vi notasse mentre spingevate la carriola e avvertisse immediatamente la polizia?»

«Credete che sia una stupida? Mi sono ricordata di uno stanzino segreto vicino agli appartamenti del re, ed è lì che ho nascosto i corpi della Montespan e della Fontanges, accuratamente nascosti nella carriola, in attesa della notte e del momento propizio per lasciarle dove volevo: una sui gradini del Trianon e l'altra sul letto del re. E in tutto ciò quella piccola oca di Marie si è rivelata molto utile. Con il suo lavoro era normale che andasse in giro con una carriola zeppa di oggetti da restaurare senza destare alcun sospetto. E comunque sono stata abbastanza accorta da non farmi notare da nessun guardiano al di fuori dell'orario di apertura... Tranne questa sera...»

«Ma allora... vostra altezza non può rischiare di uccidermi ora. Se il guardiano arrivasse, lo direbbe alla polizia... E il re sarebbe furioso di apprendere che siete coinvolta in tutto questo...» si arrischiò a replicare la signora Bédélin con un lampo di speranza negli occhi.

Marie sussultò come se avesse ricevuto uno schiaffo.

«Come osate nominare il re senza arrossire di paura? Puttana, meretrice, usurpatrice! Io sono la sua vera moglie, non voi!»

Poi si calmò e sul viso le si dipinse un'espressione machiavellica.

«Se davvero volete saperlo, quello sciocco di guardiano non si è accorto di nulla. Mi è bastato sorridergli e dire che ero venuta a sistemare dei quadri di cui domani avevo un bisogno assoluto... Non ha sospettato nulla!»

«Ma... quando la polizia lo interrogherà si ricorderà di avervi vista.

«Non m'importa... perché io non sarò più qui... La mia vendetta sarà compiuta e io potrò riunirmi al re a testa alta... Non mi troveranno mai! Alla peggio, accuseranno Marie... Tanto peggio per lei», commentò con un sorrisetto.

Poi tolse la sicura all'arma. Françoise Bédélin cercò disperatamente di guadagnare altro tempo.

«Vostra maestà...» farfugliò «perché mi avete portata qui invece di uccidermi a casa vostra?»

«Perché voglio che moriate qui, nella camera in cui ricevevate il mio sposo, in cui egli mi tradiva mentre marcivo in una cripta! Voi siete la peggiore di tutte! Avete osato elevarvi al mio rango, siete divenuta la sua sposa legittima! Avete osato prendere definitivamente il mio posto! E allora guardate per l'ultima volta la camera in cui avete tradito la mia fiducia e preparatevi a morire!»

Così dicendo alzò il braccio e le puntò la pistola alla fronte. Terrorizzata, la donna aprì la bocca per urlare ma Marie la colpì prontamente con il calcio dell'arma.

«No, no...» gemette allora la signora Bédélin tramortita e con un filo di voce, abbandonando la testa di lato.

«Avreste dovuto pensarci prima, cara madame de Maintenon! Prima di tradirmi in un modo tanto ignominioso! Prima di tramare per occupare il posto che agognavate da tempo! È al re che avreste dovuto dire di no, ma avete preferito dirgli di sì! *¡Y por esa razón, usted va a morir!*»

Marie le premette la bocca della pistola contro la fronte e mise il dito sul grilletto.

«No, Marie, fermati!»

La ragazza sobbalzò e si girò. Qualcuno accese la luce e sulla soglia apparve il commissario Beaumont.

«Fermo dove siete. *¡O la mato!*»

«Marie, ti prego, metti giù la pistola...» la esortò Beaumont sforzandosi di avere un tono calmo.

«*¿Quién es este hombre?*» chiese Marie rigirandosi

verso la signora Bédélin. «Un vostro lacché? O magari uno dei vostri amanti? Ma non crediate che riuscirà a salvarvi! Se vi sarò costretta, ucciderò anche lui!»

«Marie, sono io, Axel! Non mi riconosci?»

La ragazza posò su di lui uno sguardo allucinato e trasalì, poi lanciò un urlo lancinante e si portò le mani alle tempie. Beaumont cercò allora di avvicinarsi ma la ragazza si riebbe all'istante e gli puntò contro l'arma. Il commissario, annichilito, quasi non la riconosceva. La voce, lo sguardo, il volto, i gesti: tutto in lei era diverso, era come trasfigurata. In quella perfetta estranea Beaumont non riusciva neppure a intravedere la donna che l'aveva affascinato. Decise di provare ancora una volta a farla ragionare.

«Marie...» esordì con il tono più fermo che gli riusciva. «Marie... metti giù la pistola. Tesoro, ti prego... Sai che non ti farei alcun male... Dimmi che mi riconosci...»

«Come osi parlarmi in questo modo, miserabile?! Lo dirò al re, che ti farà fustigare in piazza per aver mancato di rispetto alla sovrana!» gridò la ragazza rasentando l'isteria e con l'immancabile accento spagnolo. «E se stai cercando di salvare la Maintenon, sappi che è fatica sprecata. Morirà, proprio come tutte le altre *putas* che si sono concesse al mio sposo!»

Beaumont la fissava impietrito. Allora era vero: Marie, la sua Marie, colei per cui provava tanto affetto, si credeva la regina Maria Teresa, la sposa del grande re Luigi XIV... E non lo riconosceva nemmeno...

Stava per sparare alla signora Bédélin, perciò era stata lei l'artefice degli altri omicidi. Il commissario sentì il cuore dilaniarsi in petto e dovette compiere un enorme sforzo per controllarsi. Per quanto soffrisse, sapeva che avrebbe dovuto compiere il proprio dovere. Non aveva alternativa. Marie continuava a tenerlo sotto tiro. D'un tratto incontrò lo sguardo terrorizzato della signora Bédélin che pareva cercare di dirgli qualcosa. La donna alzò a fatica la testa e spezzò il silenzio.

«Vostra maestà, non credo che quest'uomo volesse mancarvi di rispetto... Voleva semplicemente aiutarvi...» implorò.

«Tacete! E non crediate che...»

Marie non riuscì a terminare la frase. Approfittando di quell'attimo di distrazione, Beaumont si avventò contro di lei e cercò di cingerla per la vita. La ragazza prese allora a dibattersi con una forza di cui il commissario non la credeva capace e cercò di colpirlo con l'arma. Beaumont allora l'afferrò per il polso, ma lei lo morse alla spalla e il dolore lancinante lo obbligò a mollare la presa. Marie riuscì a divincolarsi e a spararagli. Il proiettile sfrecciò a pochi millimetri dal petto del commissario. La signora Bédélin, ancora legata alla sedia, seguiva la scena impotente e chiamava aiuto. Beaumont si gettò in avanti e prese Marie per le gambe, facendola così cadere a terra. Presero a lottare e rotolare, cercando ognuno di avere la meglio. Si udì un rumore di passi precipitosi e il guardiano apparve sulla soglia, rimanendo a bocca aperta nel vedere quanto stava accadendo.

«Che succede? Chi ha gridato?»

«Attento! È armata!» lo avvertì la signora Bédélin.

D'improvviso un boato sordo sovrastò gli ansimi della lotta. I corpi smisero di dibattersi. Rimasto immobile dove si trovava, il guardiano pareva trasformato in una statua di pietra. Inorridita, la signora Bédélin non riusciva a distogliere lo sguardo dai due, che erano rimasti a terra senza più muoversi. Un rivoletto di sangue si fece strada da sotto di loro e colò sul parquet lucido. Dopo pochi secondi, che ai presenti sembrarono un'eternità, Beaumont alzò la testa.

«Marie... Marie...» mormorò con voce rotta afferrando la ragazza per le spalle, ma lei rimase inerte.

Poi si rialzò. Aveva il volto livido come quello di un morto. Si udirono dei rumori provenire dalla stanza accanto, il capitano Martin entrò di corsa, seguito da altri tre agenti. Un'occhiata bastò per capire cos'era accaduto.

«Chiamate un'ambulanza, presto! Forse c'è ancora una speranza...» ordinò il commissario.

Uno degli agenti si precipitò fuori e Martin si avvicinò a Beaumont.

«Commissario, tutto bene?»

L'uomo lo guardò senza rispondere, poi si girò verso la signora Bédélin che, ancora legata, piangeva calde lacrime.

«È finita... Si calmi... È tutto finito...»

Diede un ultimo sguardo al corpo di Marie poi si avvicinò alla finestra, dove rimase fermo, di spalle.

«Capitano, sleghi la signora Bédélin e se ne occupi fino all'arrivo dei soccorsi», ordinò con voce piatta.

«Commissario...»

«Per favore», lo interruppe Beaumont alzando una mano, «non ora...»

Si girò di nuovo verso la finestra e tacque, mentre Martin e gli altri liberavano la povera Françoise.

Pochi secondi dopo una sirena annunciò l'arrivo dei soccorsi. I vigili del fuoco entrarono nella stanza con una barella e uno di loro s'inginocchiò accanto a Marie.

«È morta. Non c'è più niente da fare», constatò dopo qualche istante.

Beaumont nel frattempo si era avvicinato. Aveva un'espressione impassibile ma i pugni serrati con forza. Poi si diresse stancamente verso la porta.

«Avverto il commissario di divisione e quelli della giudiziaria... Fra poco saranno qui.»

«Commissario?» lo chiamò la signora Bédélin con voce flebile.

Era ancora seduta sulla sedia e uno dei vigili le stava medicando la ferita alla testa. Si scambiarono uno sguardo.

«Non è colpa sua... Era fuori di sé...»

«Lo so...» rispose Beaumont con voce atona, e se ne andò.

Dopo che il corpo di Marie fu portato via e la signora Bédélin accompagnata all'ospedale più vicino, Maurel e il comandante Massart raggiunsero Beaumont nel cortile. Era già passata la mezzanotte, e tuttavia il clima era mite.

«Andiamo a bere qualcosa, ci distenderà un po' i nervi...» propose il commissario di divisione.

Si allontanarono il silenzio e salirono in auto. Dopo pochi minuti Maurel si fermò davanti a un piccolo bar ancora aperto. Entrarono e Massart ordinò tre birre.

«Sa, signor commissario, è strano che abbia scelto proprio questo locale...» mormorò Beaumont «perché è qui che le ho parlato per la prima volta... È passato così poco tempo...»

Maurel si scambiò un'occhiata con Massart e tossicchiò a disagio.

«Beaumont... Non deve preoccuparsi, da ciò che mi ha raccontato è chiaro che si è trattato di un incidente. Nessuno penserà che abbia ucciso quella ragazza a sangue freddo. E la signora Bédélin potrà testimoniarlo.»

«Non ho nemmeno premuto il grilletto...» replicò Beaumont con voce monocorde. «Io cercavo solo di farle mollare la pistola. L'ho afferrata al polso e lei l'ha premuto mentre aveva l'arma puntata contro di sé...»

«A maggior ragione allora non rischia niente», ribadì Maurel cercando di essere rassicurante. «Senta, Beaumont... So che la frequentava... È un colpo molto duro ma so che è in grado di riprendersi. E poi pensi che l'assassino di Versailles, anzi, l'assassina, non mieterà più vittime. È riuscito a smascherarla ed è arrivato in tempo per salvare la signora Bédélin, ed è questo che conta...»

«Forse ha ragione... Ma non è l'unica cosa che conta per me. Ero molto legato a Marie, stavamo costruendo un legame molto forte e non una volta ho notato qualcosa di sospetto nel suo comportamento. Tranne ieri...»

Beaumont bevve un sorso di birra.

«Dopo aver riaccompagnato Massart, sono passato da lei e ci ho trovato quell'architetto odioso, Rodolphe Grancourt. Marie pareva fuori di sé e, poco dopo, ha avuto una crisi. Ha iniziato a delirare e a parlare in spagnolo. Non la riconoscevo più, era come se si fosse trasformata in qualcun altro... Proprio come questa sera...»

«E quando Rodriguez ha confessato di aver venduto la MAS G1 a una donna con un forte accento spagnolo ha unito le due cose...» commentò Massart.

«Esatto... E quando ho saputo che la signora Bédélin era andata a casa sua...»

Beaumont non terminò la frase e tacque, immerso nei propri pensieri.

«Ma quel Grancourt l'ha interrogato? Forse lui era a conoscenza dello stato mentale della ragazza...» chiese Maurel.

«Ho incaricato Martin di convocarlo in ufficio per domani. Questa sera ho troppo bisogno di... non pensare più a niente...»

«Quella ragazza era disturbata, punto. Era riuscita a nasconderci tutto ma poi la sua vera natura ha finito per tradirla. Beaumont, lei non poteva saperlo...»

«Ma se solo l'avessi saputo... forse avrei potuto aiutarla...»

«Ne dubito. Secondo me avrebbe avuto bisogno di un bravo psichiatra, di curarsi in un qualche istituto specializzato!» commentò Maurel alzandosi.

«Bene, si è fatta ora di tornare a casa. Ne riparliamo domani. E, Beaumont, si ricordi di pensare invece a quanto tutti saranno sollevati nel sapere che l'assassino di Versailles ha smesso definitivamente di nuocere!»

* * *

Quando Maurel se ne fu andato, Massart appoggiò amichevolmente una mano sulla spalla del commissario.

«Ancora una volta il nostro caro Maurel si è confermato un maestro di diplomazia... Non gli dia retta...»

Beaumont lo fissò con un'espressione vacua.

«Lei ha saputo capirmi quando Angélique è stata uccisa... Ora tocca a me. Se dovesse avere bisogno, sappia che ci sono...»

Il commissario si rigirò il bicchiere vuoto fra le mani con un gesto meccanico.

«Grazie, Massart. Mi riprenderò... Ho solo bisogno di tempo... Sì, di tempo...»

12

La mattina seguente, di buon'ora, Rodolphe Grancourt si presentò negli uffici della polizia di Versailles. Aveva un atteggiamento decisamente meno arrogante delle volte precedenti e il volto tirato tradiva una nottata trascorsa in bianco.

«Commissario, io... io credo di doverle una spiegazione riguardo i miei rapporti con Marie...»

«La ascolto», lo esortò Beaumont con voce neutra.

«Noi... ecco, qualche mese fa abbiamo avuto una relazione.»

«Lo so, me ne aveva parlato...»

«Mi ha lasciato quasi subito... E io ci sono rimasto davvero male, così ho continuato a tampinarla. Quando mi sono accorto che vi frequentavate ero furioso. La sera che mi ha incontrato da lei, ci ero andato per chiederle di darmi un'altra possibilità... Ma lei...»

S'interruppe e un lampo di amarezza gli illuminò lo sguardo.

«Non mi sembrava normale... Aveva un'espressione strana e poi a un certo punto si è messa a parlare metà in francese e metà in spagnolo. Mi ha chiamato Bontemps e mi ha ringraziato di averle dato le chiavi... Allora le ho chiesto di quali chiavi stesse parlando, ma sembrava non sentirmi. Diceva che grazie a me, Bontemps, primo valletto di camera del re, aveva potuto compiere la propria vendetta. Poi ha aggiunto che non l'avrebbe dimenticato e mi ha chiesto di ritirarmi perché voleva riposare! Non ci capivo niente. Ed è stato allora che è arrivato lei. Io ho preferito andarmene senza sforzarmi di capire... Poi la mattina dopo ho cercato di chiamarla, ma niente. E alla fine il tenente Martin mi ha detto... quello che è successo... Allora era proprio lei l'assassina?»

«Diciamo che lo era senza esserlo veramente... Quando commetteva quei crimini si trovava nello stato in cui l'ha vista anche lei. Era come sotto l'influenza di un'altra personalità. Io non sono uno psichiatra ma era palese che credeva di essere la regina Maria Teresa, moglie di Luigi XIV, e che nelle sue vittime vedeva le favorite del sovrano.»

Grancourt tacque per alcuni istanti, pensieroso.

«Allora è per questo che mi ha scambiato per il valletto di camera del re? Lei crede che fosse davvero posseduta?»

«Come le ho detto, non sono un esperto in materia, ma anch'io, come lei, l'ho vista in quello stato, oltretutto mentre si apprestava a uccidere di nuovo. Non ha riconosciuto nemmeno me e parlava con un marcato accento spagnolo. Il suo viso era trasfigurato e sembrava vivere in un altro mondo, un'altra realtà...»

Beaumont si accese una sigaretta e osservò l'architetto.

«Adesso però mi spieghi, signor Grancourt: cos'è questa storia delle chiavi?»

L'uomo abbassò lo sguardo.

«Ora che è tutto finito capisco molte cose... Per esempio perché Marie, sempre così riservata, mi ha fatto capire in modo così chiaro di voler uscire con me... E perché ha rotto quasi subito. Sì, adesso è tutto chiaro. Gli serviva qualcosa che avevo, e una volta che l'ha ottenuta mi ha lasciato. E sa cosa voleva? Il mio mazzo di chiavi della reggia...»

«Però quando l'ho interrogata mi ha detto che non se n'era mai separato e che non gliel'avevano mai rubato.»

«Perché allora non lo sapevo. Vede, una sera Marie ha voluto trascorrere la notte da me. Quando la mattina dopo mi sono svegliato però non c'era più. È tornata dopo una ventina di minuti con delle brioche, ma adesso sono certo che avesse preso le chiavi e ne avesse fatto una copia. Mi ha lasciato quel giorno stesso...»

«Capisco... E il codice di allarme? Anche quello l'ha avuto da lei?»

«No, io non lo conosco, ma non dev'essere stato difficile scoprirlo. Lavorava alla reggia perciò... Probabilmente si sarà nascosta vicino al pannello e avrà aspettato che il signor Monturo o il signor Evrard lo inserissero... Osservando attentamente i movimenti delle dita si può riuscire ad arrivare alle cifre...»

«Bene, signor commissario, ora me ne vado. Le ho detto tutto quello che sapevo ma ovviamente resto a sua disposizione nel caso volesse farmi altre domande... E la prego di scusarmi dell'atteggiamento che ho avuto nei suoi confronti... Ero accecato dalla gelosia...» concluse l'architetto alzandosi.

«Ora direi che non ce n'è più bisogno...» replicò Beaumont con un pizzico di amarezza.

Non appena Grancourt se ne fu andato, il commissario chiuse gli occhi. Gli dolevano le tempie e gli sembrava che nella sua testa tutto girasse vorticosamente. Marie era morta. Ora non ci sarebbe stato bisogno di interrogarsi in aula sul fatto che fosse o meno responsabile delle proprie azioni, cionondimeno Beaumont sapeva che, per poter trovare pace, aveva bisogno di capire ciò che era davvero successo. Soffriva di un disturbo psichiatrico o era stata semplicemente un'abile attrice? Pensò allora di telefonare a Christian Jaquetti. Dopotutto era uno psicologo e aveva compreso prima di tutti che l'assassino di Versailles era una donna. Forse avrebbe potuto rivelargli qualcosa anche sul comportamento di Marie. Prese il telefono e gli chiese di recarsi da lui in ufficio. Jaquetti promise che sarebbe passato nel pomeriggio. Qualcuno bussò alla porta e il comandante Massart entrò.

«Buongiorno, commissario. Ho fatto le ricerche approfondite su Marie Berger che mi aveva chiesto. Era nata a Biarritz il 10 settembre 1972 e si chiamava Marie-Thérèse Aguacil. Nel 1995 ha sposato Alain

Berger, ma il matrimonio non è durato e dopo qualche mese hanno divorziato. Lei si è trasferita a Versailles e ha tenuto il cognome del marito. Ho controllato anche la sua cartella clinica, ma non ho trovato niente di particolare. Non ha mai ricevuto cure per problemi psicologici o depressivi. Anche la fedina penale era pulita. Ecco, non c'è altro... Ah, no, quasi dimenticavo: ho scoperto anche che era una frequentatrice assidua della biblioteca, è di sicuro là che ha conosciuto Marie Métivier, la prima vittima. La seconda, dato che Louise Salvi era la figlia del responsabile della rete idraulica del parco, di certo l'ha incontrata sul lavoro. Quanto ad Anaïs Charenton, la terza, ho scoperto che erano state vicine di pianerottolo. La quarta vittima...»

La voce di Massart tremò appena.

«Probabilmente sono stato io a mettergliela sotto il naso la sera in cui ci siamo incontrati al ristorante e vi ho presentato Angélique... La quinta predestinata l'aveva a portata di mano, visto che era il suo capo...»

Il comandante tacque per alcuni secondi e guardò Beaumont con simpatia.

«Come sta oggi?»

«Così così... Quindi non si chiama Marie ma Marie-Thérèse, come la regina... Tutto torna...»

«Bene, Massart, la ringrazio. Ora, per favore, mi lasci solo», concluse Beaumont congedando il comandante.

Non appena l'uomo se ne fu andato, Beaumont fece un profondo sospiro e lasciò correre lo sguardo per l'ufficio. Si soffermò su una pianta sistemata sul davanzale della finestra. Aveva le foglie di un verde appena traslucido, un verde che gli ricordò il colore degli occhi di Marie. Poggiò i gomiti sulla scrivania e rifugiò il volto fra le mani.

«Oh, Marie, Marie... Perché?»

Quel pomeriggio Beaumont ricevette la visita di Françoise Bédélin. Aveva la testa fasciata ma sembrava stare bene. Si sedette dinanzi a lui e accennò un sorriso rattristato.

«E così il mistero è stato risolto, vero, commissario?»

Beaumont annuì senza rispondere, poi chiese: «Come va la sua ferita?»

«Sto bene, non si preoccupi. Sono venuta a ringraziarla. Mi ha salvato la vita... Senza di lei...»

Beaumont l'interruppe con un gesto della mano.

«Si figuri, signora Bédélin, non parliamone più. Ho fatto solo il mio dovere. Non potevo lasciarla morire solo perché l'aggressore era la mia ragazza...»

«Chi se lo sarebbe mai aspettato?» sospirò la donna. «Marie era così... dolce, così timida. Non l'avrei mai creduta capace di...»

Qualcuno bussò, dispensando così Beaumont dal replicare. La testa di Christian Jaquetti fece capolino da dietro la porta.

«Buongiorno, commissario. Spero di non disturbarla.»

«No, certo che no. Entri pure», fece Beaumont alzandosi per accoglierlo.

«Se è occupato, me ne vado subito...» accennò la signora Bédélin alzandosi a sua volta.

«No, resti. Vede, il signor Jaquetti è uno psicologo ed esperto nella stesura di profili psicologici. Ha collaborato con noi alle indagini e gli ho chiesto di venire perché vorrei cercare di capire chi fosse veramente Marie. La conosceva anche lei, e poi è informatissima sulla regina Maria Teresa, perciò vorrei rimanesse.»

La donna tornò a sedere e il commissario mise Jaquetti al corrente di ciò che era avvenuto, descrivendogli nel dettaglio il comportamento di Marie la sera che era andato a trovarla e durante l'aggressione del giorno precedente.

«Allora, cosa pensa? Lei è stato il primo a capire che quei crimini erano opera di una donna. Crede abbia agito a sangue freddo o avesse davvero dei problemi mentali? So che, dato che è morta, la cosa non ha più importanza ai fini giudiziari, però... ecco, noi due eravamo molti vicini e vorrei sapere la verità...»

Christian Jaquetti si accarezzò il mento con aria pensierosa.

«Secondo quanto mi dice credo proprio che Marie Berger avesse una doppia personalità. Attenzione, non sto affermando che la regina Maria Teresa si era reincarnata in lei. Personalmente, non sono un fervente sostenitore dei fenomeni paranormali; preferisco cercare una spiegazione logica e concreta nella scienza medica. Secondo Freud la personalità dissociata è frutto della scissione dello psichismo, tant'è vero che l'ipnosi è in grado di portare a galla la presenza di un 'cosciente incosciente'. Nel nostro caso il soggetto è deceduto, perciò non possiamo procedere con la prova, tuttavia, nelle sue *Cinque lezioni sulla psicoanalisi*, Freud indica che un individuo può possedere più personalità, ognuna abbastanza indipendente da ignorare le altre. Capita che casi di questo tipo, denominati 'di doppia coscienza', si presentino spontaneamente all'osservazione. Come mi ha raccontato, Marie Berger si era come trasformata in un'altra persona, perciò con molta probabilità è ciò che è successo. I sintomi sono quelli caratteristici dello sdoppiamento: pupille dilatate, timbro di voce ed espressione del viso diverse, incapacità di riconoscere le persone intorno a sé. I tremori e le convulsioni sono generalmente il segno di una lotta interiore fra le due personalità che si scatena quando una cerca di avere il sopravvento. Ieri sera ha cercato di farla ragionare e di farsi riconoscere?»

«Sì...» rispose Beaumont con voce spenta. «Appena sono entrato... Le ho detto che non doveva avere paura di me, che non le avrei fatto alcun male...»

«E in quei momenti ha notato qualcosa di particolare?»

«Be', sì... Ha iniziato a gemere, a buttare la testa all'indietro e a torcersi le mani...»

«Precisamente! Visto? Quando ha fatto appello ai suoi sentimenti per lei la personalità di Marie Berger ha cercato di scalzare quella di Maria Teresa, al momento predominante, ma senza riuscirci. Spesso una delle due personalità si rivela più forte.»

«Ma... Se ho capito bene, Marie quindi ignorava l'esistenza dell'altra personalità? Però è come Marie Berger che si è servita di Grancourt per realizzare i piani dell'altra», sottolineò il commissario.

«Vede, sempre secondo Freud, nei casi di sdoppiamento della personalità la coscienza resta sempre legata a una delle due. Si chiama stato cosciente, mentre l'altro è definito incosciente. Io credo che lo stato fisico cosciente della ragazza fosse Marie Berger, la restauratrice di opere d'arte, mentre quello incosciente era la regina Maria Teresa.»

«Sì, direi che è logico...» mormorò la signora Bédélin. «Quando ha cercato di uccidermi parlava di se stessa come di un'altra persona, un'estranea. Mi ha detto: 'Mi sono servita di questa piccola oca di Marie perché lavorava al castello'.»

«Ma cosa può originare un fenomeno simile? Marie era un'appassionata della storia di Luigi XIV, crede che sia possibile che inconsciamente si fosse convinta di essere sua moglie?» intervenne il commissario.

«È possibile. Generalmente la causa è sempre un avvenimento che colpisce al punto di provocare lo sdoppiamento. Potrebbe trattarsi per esempio di un trauma, che porta alla creazione inconscia di un'altra personalità. Per quanto riguardo Marie Berger, per caso è a conoscenza di un qualsiasi fatto che potrebbe avvicinarla alla regina Maria Teresa?»

«Ho appena scoperto che si chiamava Marie Thérèse ed era stata sposata. Berger era il cognome del marito e l'ha conservato anche dopo il divorzio. Era nata il 10 settembre...»

«Credo di aver capito...» intervenne la signora Bédélin.

I due uomini si voltarono a guardarla sorpresi.

«Ha detto che Marie è nata il 10 settembre, giusto? Bene, la regina Maria Teresa è nata il 10 settembre 1638. Quanto al resto, un giorno Marie mi ha raccontato di essere stata sposata, che era originaria del sud-ovest e che il matrimonio era stato celebrato a Saint-Jean de Luz.»

Quel nome fece sussultare il commissario.

«A Saint-Jean de Luz? Ma non è lì che...»

«Esatto, commissario. È lì che furono celebrate le nozze di Luigi XIV con la cugina Maria Teresa, infanta di Spagna. Ed è lì che abitava Marie. Dopo nemmeno una settimana di matrimonio, la poveretta aveva trovato il marito a letto con un'altra... Aveva chiesto subito il divorzio ma quel tradimento l'aveva ferita profondamente. Me l'ha rivelato un giorno che si sentiva in vena di confidenze, mentre parlavamo di uomini...»

«Tutto torna!» esclamò Jaquetti trionfante. «Il trauma ha spinto Marie a identificarsi con la regina Maria Teresa, anch'essa sposa nello stesso paese e più volte tradita... Il fatto di chiamarsi come lei e di essere nata lo stesso giorno l'ha persuasa che fosse così.»

Si girò verso Beaumont.

«Da quanto ho appreso oggi posso affermare che Marie Berger era vittima di uno sdoppiamento della personalità, di cui presentava tutti i sintomi. Non so se le sia di consolazione, ma ciò significa che la ragazza che conosceva non era cosciente del male che arrecava: la vera responsabile era la personalità della regina Maria Teresa. Io la penso così, e se avessi dovuto testimoniare in tribunale, di certo l'avrei giudicata incapace di intendere e di volere, e perciò non responsabile delle proprie azioni.»

«La ringrazio, signor Jaquetti», rispose Beaumont dopo qualche minuto di silenzio. «Devo ammettere che in fondo speravo di sentirle pronunciare questa diagnosi... Se non altro potrò consolarmi dicendomi che non mi ha mentito, che non si è presa gioco di me...»

«Commissario», intervenne allora la signora Bédélin, «eccezion fatta per ieri sera, non avevo mai nemmeno lontanamente sospettato che Marie avesse una doppia personalità. La conoscevo così com'era... voglio dire, quando si comportava normalmente...»

«Nel suo stato fisico cosciente...» precisò Jaquetti.

«Come preferisce... Comunque sia, se la cosa può consolarla, posso confermarle una cosa: quella Marie l'amava con tutta se stessa...»

Epilogo

30 LUGLIO 2004. Era una giornata splendida e il ricevimento in onore della Società degli amici di Versailles, era perfettamente riuscito. Fondata nel 1907 da grandi personalità e riconosciuta di pubblica utilità nel 1913, dal 1987 la Società era presieduta dal visconte di Rohan. Il cielo si specchiava nelle acque verdine del Grand Canal e, nonostante la calura, era molto piacevole passeggiare per l'enorme parco ammirando le statue e le molteplici fontane che, per l'occasione, erano un tripudio di giochi d'acqua. La facciata del corpo centrale della reggia, un vero e proprio trompe l'oeil architettonico in cui le finestre dell'ultimo piano non illuminavano alcuna stanza bensì davano sulle strutture portanti della galleria degli specchi, si stagliava maestosa al di sopra dei boschetti e dei giardini. Il commissario Beaumont e il commissario di divisione Maurel se ne stavano con una coppa di champagne in mano accanto al buffet siste-

mato, quel giorno come durante le feste volute da Luigi XIV, nel boschetto della sala da ballo. Era stato il signor Evrard, quasi a voler mettere la parola fine alle indagini che si erano appena concluse, a invitarli.

«Allora, Beaumont, cosa ne pensa? È decisamente meglio venire qui per una festa piuttosto che per raccogliere cadaveri, non crede?»

«Senza ombra di dubbio, signor commissario.»

Aveva risposto con un tono neutro, ma non riuscì a evitare una leggera stretta al cuore.

«Ho voglia di fare quattro passi. Viene con me?» propose a Maurel.

«Volentieri... Questo parco è un'autentica meraviglia», accettò quest'ultimo seguendolo. «Mi ricorda alcuni versi del regista Sasha Guitry, nel suo *Versailles*, lo conosce? Diceva: i re si abbandonavano a follie senza pari / sperperando il nostro denaro a cuor leggero / ma quando costruivano capolavori così rari / non è come se ce lo rendessero per intero?»

Beaumont annuì con un sorriso.

«Sì, li conosco, e sono totalmente d'accordo... Capisco perché Versailles susciti tanto entusiasmo in tutto il mondo. È un luogo unico, tanto per la storia quanto per la bellezza.»

Passarono davanti all'entrata del boschetto della Colonnade e Beaumont si sentì percorso da un brivido nel ricordare la prima vittima di Marie, il cui cadavere era stato rinvenuto proprio lì in un mattino piovoso. Proseguirono la passeggiata lungo il viale du Tapis Vert e raggiunsero la fontana di Apollo, dove molti altri godevano come loro del panorama mozzafiato. Sin dalla propria fondazione, la Società si adoperava per diffondere e aumentare il prestigio di Versailles, riunendo un numero sempre maggiore di appassionati desiderosi di conoscere meglio e di far conoscere quei luoghi grazie a visite, conferenze e viaggi organizzati. Partecipava anche finanziariamente all'ampliamento delle collezioni della reggia e si occupava di cercare donazioni che aiutassero il museo pubblico del castello e il demanio nazionale di Versailles.

«Ma quanta bella gente...» commentò Maurel a voce bassa «e tutti poveretti, scommetto... Dica, Beaumont, lei non vuole aderire? A quanto pare la donazione può essere detratta dalle tasse.»

«Prima però dovrebbe darmi un piccolo aumento...» lo schernì il commissario.

Si unirono poi agli altri invitati che tornavano al boschetto della sala da ballo, dove il presidente della Società stava per incominciare il proprio discorso. Quando tutti si furono sistemati, l'uomo prese la parola e iniziò ringraziando i presenti di essere intervenuti. Consegnò poi al signor Evrard sei stampe del Settecento incorniciate che rappresentavano il matrimonio di Luigi XIV, la consacrazione del sovrano e la cerimonia funebre di Elisabetta Teresa di Lorena. Evrard ringraziò calorosamente e dichiarò che le stampe sarebbero state esposte nel vestibolo degli appartamenti di madame de Pompadour. Proseguì illustrando le iniziative programmate per l'anno seguente tra cui, per esempio, la creazione di uno spazio di accoglienza moderno, il rinnovamento delle infrastrutture, l'apertura di tutto il museo della storia di Francia, il trapianto degli alberi dei giardini e del parco, il rifacimento dell'intero sistema idraulico così da consentire che tutte le fontane del parco tornassero a funzionare e il ritorno dei cavalli nella grande scuderia, così da rinverdire la tradizione dei caroselli e delle lezioni che vi si erano sempre svolti.

«Vorrei concludere il mio intervento parlando di qualcosa che mi sta molto a cuore. Come sapete, di recente la nostra amata reggia è stata teatro di una serie di omicidi che hanno lasciato in tutti noi un ricordo molto spiacevole. Se oggi possiamo parlarne al passato, è merito dell'efficienza della nostra polizia, che è riuscita a smascherare l'assassino. Vi prego perciò di dedicare un caloroso applauso ai rappresentanti che hanno accettato di unirsi a noi, i signori Maurel e Beaumont.»

Il commissario di divisione ostentò un sorriso di circostanza e s'inchinò con falsa modestia, mentre Beaumont si accontentò di un sorriso forzato. Non aveva nessuna intenzione di raccogliere lodi per quanto era accaduto. In quell'occasione compiere il proprio dovere gli aveva procurato più sofferenze che soddisfazioni.

«Per concludere», riprese il signor Evrard, «v'informo che oggi, 30 luglio 2004, ricorre l'anniversario della morte dalla regina Maria Teresa, infanta di Spagna e moglie del re Luigi XIV. Per la precisione sono trascorsi esattamente trecentovent'anni. In questa giornata rendiamo allora omaggio a questa donna, una delle più grandi sovrane di tutti i tempi.»

Beaumont aveva smesso di ascoltare. Sentir rievocare la regina Maria Teresa l'aveva bruscamente reimmerso nel ricordo di Marie. Marie, che gli sorrideva dolcemente abbassando gli occhi verdi... Marie, che gli sfiorava affettuosamente le labbra con un bacio leggero come la brezza primaverile... Marie, la cui fragilità l'aveva portata alla schizofrenia... Marie, che aveva ucciso quattro donne innocenti perché le aveva scambiate per le amanti del re... Marie, che si chiamava Marie Thérèse e credeva di essere la sposa legittima del re Sole...

Beaumont di allontanò e s'incamminò verso l'entrata del boschetto. Giunto sul limitare, si fermò e si voltò verso il Grand Canal. Le acque verdine e punteggiate di luce gli ricordavano gli occhi dell'amata.

Chissà, magari la regina si era davvero reincarnata in te. Chi può dire cosa sia realmente accaduto?

Chiuse gli occhi e offrì il volto alla carezza del sole.

Comunque sia andata, oggi è l'anniversario della morte della regina. Riposa tranquilla, tesoro mio, perché ora sei libera. Se davvero ti tormentava, ora è tutto finito, e se tu e lei eravate davvero un tutt'uno...

Inghiottì a fatica e aprì gli occhi per guardare il cielo.

Vi siete ricongiunte... Buon anniversario, tesoro...

Collana «Pandora»

128. H. Van Slyke, *Il cuore ascolta*
136. B. Plain, *La saga dei Farrell*
140. S. Casati Modignani, *Il Barone*
144. D. Steel, *Palomino*
164. H. Van Slyke, *Sorelle*
176. S. Casati Modignani, *Saulina (Il vento del passato)*
181. J. Michael, *Inganni*
182. D. Steel, *Una perfetta sconosciuta*
206. R.L. Fish, *Potere e diamanti*
207. D. Steel, *Stagione di passione*
210. H. Van Slyke, *Una donna necessaria*
222. B. Taylor Bradford, *La voce del cuore*
226. B. Wood, *Momenti d'amore*
227. D. Steel, *Una volta nella vita*
228. N. Barber, *I giorni dell'addio*
234. M. Rich, *Il profumo del potere*
238. D. Steel, *Un amore così raro*
242. S. Lord, *La collina d'oro*
252. D. Steel, *Due mondi, due amori*
254. H. Van Slyke, *I visitatori devono farsi annunciare*
264. D. Steel, *Incontri*
265. C. Cookson, *Il vestito di velluto nero*
267. J. Briskin, *Tutto e ancora di più*
269. J. Michael, *Il bene più grande*
273. S. Casati Modignani, *Come stelle cadenti*
285. D. Steel, *La tenuta*
286. M. Swindells, *L'estate della vita*
294. H. Van Slyke con J. Elward, *Le scelte di una donna*
305. D. Steel, *Ritratto di famiglia*
306. B. Taylor Bradford, *L'eredità di un sogno*
308. N. Barber, *Una donna del Cairo*
316. D. Steel, *Svolte*
323. S. Casati Modignani, *Disperatamente Giulia*
325. H. Van Slyke, *Nessun amore è perduto*
330. D. Steel, *Promessa d'amore*
336. M. Ritter, *Donne nel vento*
344. J. Briskin, *Troppo troppo presto*
345. J. Michael, *Affari d'amore*
349. D. Steel, *Menzogne*
361. D. Steel, *Ora e per sempre*
374. D. Steel, *L'anello*
391. B. Taylor Bradford, *I nodi del destino*
393. S. Casati Modignani, *Donna d'onore*
395. D. Steel, *Giramondo*
398. N. Barber, *L'altra metà del paradiso*
407. D. Steel, *Amarsi*
420. D. Steel, *Amare ancora*
422. J. Manning, *Magnolia*
432. R. Forrest, *Il vento dell'India*
435. B. Plain, *La coppa d'oro*
441. D. Steel, *Cose belle*
444. J. Michael, *L'eredità del patriarca*
446. B. Taylor Bradford, *Sempre di più*
460. D. Steel, *Il cerchio della vita*
469. S. Casati Modignani, *E infine una pioggia di diamanti*
473. M. Swindells, *Ombre sulla neve*
474. D. Eddings, *I Guardiani della luce*
476. D. Steel, *Il caleidoscopio*
482. B. Erskine, *La signora di Hay*
485. W. Adler, *La guerra dei Roses*
489. B. Plain, *L'arazzo*
490. D. Eddings, *Il Re dei Murgos*
496. D. Steel, *Zoya*
505. J. Briskin, *Il gelo nel cuore*
510. S. Lord, *Il prezzo della bellezza*
521. D. Eddings, *Il Signore dei Demoni*
524. D. Steel, *Star*
535. J. Lynch, *Il diario segreto di Laura Palmer*
538. L. Blair, *Un mondo di differenza*
546. R. Campbell, *Antiche immagini*
548. D. Eddings, *La Maga di Darshiva*
552. J. Michael, *Una sola passione*
555. S. Casati Modignani, *Lo splendore della vita*
569. D. Steel, *Messaggio dal Vietnam*
580. D. Eddings, *Il trono di diamante*
586. D. Steel, *Batte il cuore*
600. D. Eddings, *La profetessa di Kell*
615. D. Steel, *Nessun amore più grande*
623. D. Eddings, *Il cavaliere del rubino*
624. S. Casati Modignani, *Il Cigno Nero*
638. D. Steel, *Gioielli*
650. J. Michael, *Quella sconosciuta emozione*
662. D. Eddings, *La rosa di zaffiro*

669. D. Steel, *Le sorprese del destino*
686. D. Steel, *Scomparso*
711. S. Casati Modignani, *Come vento selvaggio*
719. D. Steel, *Il regalo*
722. B. Taylor Bradford, *Come un angelo*
726. L. Fleischer, *Viaggio in Inghilterra*
736. D. Steel, *Scontro fatale*
750. S. Casati Modignani, *Il Corsaro e la rosa*
755. R. Wallace, *Braveheart - Cuore impavido*
756. D. Steel, *Cielo aperto*
763. D. Steel, *Fulmini*
780. D. Steel, *Cinque giorni a Parigi*
790. D. Steel, *Perfidia*
792. J. Evanovich, *Tutto per denaro*
798. S. Casati Modignani, *Caterina a modo suo*
805. J. Fletcher & D. Bain, *La Signora in Giallo - Martini & follia*
806. D. Steel, *Silenzio e onore*
808. D. e L. Eddings, *Belgarath il Mago*
812. D. Steel, *Il ranch*
825. J. Fletcher & D. Bain, *La Signora in Giallo - Omicidi & fantasmi*
826. S. Casati Modignani, *Lezione di tango*
827. D. Steel, *Un dono speciale*
835. D. Steel, *Il fantasma*
846. J. Fletcher & D. Bain, *La Signora in Giallo - Manhattan & omicidi*
847. D. Steel, *La lunga strada verso casa*
850. M. Landon, *Anna e il Re*
851. S. Brown, *Il segreto di una donna*
852. D. Steel, *Immagine allo specchio*
854. J. McNaught, *Quando i sogni si avverano*
856. S. Casati Modignani, *Vaniglia e cioccolato*
858. J. Fletcher & D. Bain, *La Signora in Giallo - Rum & delitti*
866. K.C. McKinnon, *Le candele brillavano a Bay Street*
869. D. Steel, *Dolceamaro*
877. B. Plain, *Un colpo di fortuna*
878. J. Fletcher & D. Bain, *La Signora in Giallo - Assassinio a bordo*
879. D. Steel, *Forze irresistibili*
880. S. Casati Modignani, *Vicolo della Duchesca*
882. D. Steel, *Le nozze*
890. J. Green, *Voltiamo pagina*
892. B. Plain, *Una finestra sul domani*
893. A. Appiano, *Amiche di salvataggio*
894. D. Steel, *La casa di Hope Street*
895. A. Appiano, *Domani ti perdono*
896. B. Taylor Bradford, *Un posto per me nel tuo cuore*
897. D. Steel, *Il viaggio*
899. L. Rice, *La luce della nostra estate*
904. S. Casati Modignani, *6 Aprile '96*
905. J. Fletcher & D. Bain, *La Signora in Giallo - Omicidio in primo piano*
907. D. Steel, *Aquila solitaria*
908. M. Willett, *La luna d'inverno*
909. B. Taylor Bradford, *Una stella splende a Broadway*
911. S.K. Lynch, *Latte e miele*
913. G. Magrini, *Nelle mie mani*
914. S. Brown, *Finale a sorpresa*
915. D. Steel, *Atto di fede*
917. A. Trigiani, *Una moglie in vacanza*
918. J. Fletcher & D. Bain, *La Signora in Giallo - Delitto in maschera*
919. M. Gayle, *Crisi di compleanno*
920. S. Moriarty, *Baby-à-porter*
921. J. Green, *Anno nuovo, uomo nuovo*
922. G. Armuzzi, *Sognavo di essere Bukowski*
923. J. Fletcher & D. Bain, *La Signora in Giallo - Delitto à la carte*
924. B. Plain, *Solo per amore*
925. M. Binchy, *Notte di pioggia e stelle*
926. S. Casati Modignani, *Qualcosa di buono*
927. B. Taylor Bradford, *Appuntamento a Parigi*
928. L. Schwartz, *Il cammino di Angels Crest*
929. P. Sykes, *Biondo n. 5*
930. J. Graham, *Quando sale la marea*
931. M. Keyes, *Baci da Malibu*
932. AA. VV., *Io allo specchio*
933. D. Steel, *Il Cottage*
934. C. Dyer, *Amori, bugie e carte d'imbarco*
935. A. Greig, *Chiare mattine d'Oriente*

936. J. Fletcher & D. Bain, *La Signora in Giallo - Assassinio in prima classe*
937. L. Rice, *La baia dei segreti*
938. S. Finnamore, *Prémaman a vita bassa*
939. M. Gayle, *Lui & Lei*
940. A. Appiano, *Scegli me*
941. P. Gregory, *L'altra donna del re*
942. G. Magrini, *Amiche per sempre*
943. S.K. Lynch, *Pane e cioccolato*
944. A. Di Giovanni, *Camilla punto e a capo*
945. S. Moriarty, *Appuntamento a tre*
946. B. Taylor Bradford, *Il segreto di Emma*
947. J. Fletcher & D. Bain, *La Signora in Giallo - Dinner party con cadavere*
948. B. Plain, *Il canto delle stelle*
949. C. Higgins Clark, *Festa di nozze con brivido*
950. F. Osborne, *La stanza delle spezie*
951. J. Green, *Una di troppo*
952. P. Shipman, *Fino al cuore del Nilo*
953. M. Guterson, *Qui tutto bene*
954. I. Borrelli, *Tanto rumore per Tullia*
955. R. Pine, *Una ragazza alla notte degli Oscar*
956. M. Keyes, *Nemiche del cuore*
957. C. E. Dubowski, *Mr. & Mrs. Smith*
958. M. Cherry (a cura di), *Desperate housewives*
959. S. Beauman, *Ritratto di ragazza*
960. D. Steel, *Una preghiera esaudita*
961. L. Moriarty, *Esprimi un desiderio, anzi tre*
962. C. Cadwalladr, *Alice nascerà domani*
963. J. Fletcher & D. Bain, *La Signora in Giallo - Long drink con delitto*
964. J. McPhee, *Questioni per niente ordinarie*
965. S. Talneau, *Risorsa umana sarà lei*
966. R. Hicks, *Una carezza nella polvere*
967. S. O'Flanagan, *Amore a prima vista*
968. S. Casati Modignani, *Rosso corallo*
969. P. Gregory, *L'amante della Regina Vergine*
970. D. Kennedy, *Una donna tranquilla*
971. C. Higgins Clark, *Crimini in prima serata*
972. M. Binchy, *In viaggio verso casa*
973. J. Fletcher & D. Bain, *La Signora in Giallo - Cocktail letale*
974. B. Taylor Bradford, *Una promessa dal passato*
975. C. Kelly, *Un posto tutto per noi*
976. D. Steel, *Un angelo che torna*
977. P. Sykes, *Come divorziare da un miliardario*
978. A. Appiano, *Le vie delle signore sono infinite*
979. L. Withcomb, *Riflessi di un pomeriggio d'inverno*
980. S. Abulhawa, *Nel segno di David*
981. S.K. Lynch, *Zenzero e cannella*
982. L.P. Rosenbaum, *Ogni giorno qualcosa comincia*
983. D. Haeger, *L'anello di rubino*
984. M. Keyes, *Speranze e bugie*
985. B. Samuel, *Il profumo delle ore*
986. S.J. Trucchi, *Il candore di un'anima*
987. S. Casati Modignani, *Rosso corallo (edizione illustrata)*
988. D. Steel, *Appuntamento al buio*
989. M. Beverly-Whittemore, *Riflessi di luce*
990. M. Gayle, *C'era anche Jo?*
991. E. de Boysson, *Tutto, forse troppo*
992. J. Fletcher & D. Bain, *La Signora in Giallo - Scommessa con il morto*
993. T. Stimson, *Un'amante non è per sempre*
994. T. Perry, *Quattro sorelle e un funerale*
995. M. Higgins Clark, *Due bambine in blu*
996. K. Harter, *Quando finisce la pioggia*
997. L. Fox, *Natura morta con marito*
998. A. Kerlin, P. Oh, *Generazione extrasmall*
999. C. Maurin, *L'ombra del sole*

Finito di stampare nell'aprile 2007
presso la Mondadori Printing S.p.A.
Stabilimento N.S.M. di Cles (TN)
Printed in Italy